COLLECTION FOLIO

Guy Debord

présente

Potlatch

1954-1957

Édition augmentée

Gallimard

*Cet ouvrage a été publié précédemment
aux Éditions Gérard Lebovici en 1985.*

© Éditions Gallimard, 1996.

Le bulletin *Potlatch* a paru vingt-sept fois, entre le 22 juin 1954 et le 5 novembre 1957. Il est numéroté de 1 à 29, le bulletin du 17 août 1954 ayant été triple (9-10-11). Hebdomadaire jusqu'à ce numéro triple, *Potlatch* devint mensuel à partir de son numéro 12.

Potlatch a été dirigé successivement par André-Frank Conord (n⁰ˢ 1-8), Mohamed Dahou (n⁰ˢ 9-18), Gil J Wolman (n⁰ 19), de nouveau Mohamed Dahou (n⁰ˢ 20-22), Jacques Fillon (n⁰ˢ 23-24). Les derniers numéros ne mentionnent plus de responsable principal. À partir du n⁰ 26, il « cesse d'être publié mensuellement ».

Potlatch s'est présenté comme le « bulletin d'information du groupe français de l'Internationale lettriste » (n⁰ˢ 1-21) ; puis comme le « bulletin d'information de l'Internationale lettriste » (n⁰ˢ 22-29)*. L'Internationale lettriste était l'organisation

---

* Enfin, comme « bulletin d'information de l'Internationale situationniste » le n⁰ 30 (du 15 juillet 1959) a été le premier et dernier numéro d'une nouvelle série (publiée à Amsterdam en français) faisant place, dès lors, au seul « bulletin central édité par les sections de l'Internationale situationniste » qui paraîtra en revue de 1958 à 1969. *(N.d.E.)*

de la «gauche lettriste» qui, en 1952, imposa la scission dans l'avant-garde artistique «lettriste»; et dès cet instant la fit éclater.
Potlatch était envoyé gratuitement à des adresses choisies par sa rédaction, et à quelques-unes des personnes qui sollicitaient de le recevoir. Il n'a jamais été vendu. *Potlatch* fut à son premier numéro tiré à 50 exemplaires. Son tirage, en augmentation constante, atteignait vers la fin plus de 400, ou peut-être 500 exemplaires. Précurseur de ce qui fut appelé vers 1970 «l'édition sauvage», mais plus véridique et rigoureux dans son rejet du rapport marchand, *Potlatch*, obéissant à son titre, pendant tout le temps où il parut, a été seulement donné.
L'intention stratégique de *Potlatch* était de créer certaines liaisons pour constituer un mouvement nouveau, qui devrait être d'emblée une réunification de la création culturelle d'avant-garde et de la critique révolutionnaire de la société. En 1957, l'Internationale situationniste se forma effectivement sur une telle base. On reconnaîtra bien des thèmes situationnistes déjà présents ici; dans la formulation lapidaire exigée par ce moyen de communication si spécial.
Le passage de plus de trente années, justement parce que des textes n'ont pas été démentis par les événements ultérieurs, introduit une certaine difficulté pour le lecteur d'aujourd'hui. Il lui est à présent malaisé de concevoir sous quelles *formes* se présentaient les banalités presque universellement reçues dans ce temps-là, et par conséquent de reconnaître les idées, alors scandaleuses, qui

finalement les ruinèrent. La difficulté est encore plus grande, du fait que ce sont des formes spectaculaires qui ont apparemment changé, chaque trimestre, presque chaque jour, alors que le *contenu* de dépossession et de falsification ne s'était pas présenté à ce point lui-même, depuis plusieurs siècles, comme ne pouvant en aucun cas être changé.

Inversement, le temps passé facilitera aussi la lecture, sur un autre aspect de la question. Le jugement de *Potlatch* concernant la fin de l'art moderne semblait, devant la pensée de 1954, très excessif. On sait maintenant, par une expérience déjà longue — quoique, personne ne pouvant avancer une autre explication du fait, on s'efforce parfois de le mettre en doute —, que depuis 1954 on n'a jamais plus vu paraître, où que ce soit, un seul artiste auquel on aurait pu reconnaître un véritable intérêt. On sait aussi que personne, en dehors de l'Internationale situationniste, n'a plus jamais voulu formuler une *critique centrale* de cette société, qui pourtant *tombe* autour de nous; déversant en avalanche ses désastreux échecs, et toujours plus pressée d'en accumuler d'autres.

novembre 1985
GUY DEBORD

Bulletin d'information du groupe français de l'Internationale lettriste

potlatch

paraît tous les mardis   22 juin 1954

1

POTLATCH : *Vous le recevrez souvent. L'Internationale lettriste y traitera des problèmes de la semaine.* Potlatch *est la publication la plus engagée du monde : nous travaillons à l'établissement conscient et collectif d'une nouvelle civilisation.*

LA RÉDACTION

TOUTE L'EAU DE LA MER NE POURRAIT PAS...

Le 1ᵉʳ décembre, Marcelle M., âgée de seize ans, tente de se suicider avec son amant. L'individu, majeur et marié, ose déclarer, après qu'on les eut sauvés, qu'il a été entraîné « à son corps défendant ». Marcelle est déférée à un tribunal pour enfants qui doit « apprécier sa part de responsabilité morale ».
En France, les mineures sont enfermées dans des

prisons généralement religieuses. On y fait passer leur jeunesse.

Le 5 février, à Madrid, dix-huit anarchistes qui ont essayé de reconstituer la C.N.T. sont condamnés pour rébellion militaire.
Les bénisseurs-fusilleurs de Franco protègent la sinistre « civilisation occidentale ».

Les hebdomadaires du mois d'avril publient, pour leur pittoresque, certaines photos du Kenya : le rebelle « général Chine » entendant sa sentence de mort. La carlingue d'un avion de la Royal Air Force où trente-quatre silhouettes peintes représentent autant d'indigènes mitraillés au sol.
Un noir abattu s'appelle un Mau-Mau.

Le 1er juin, dans le ridicule *Figaro*, Mauriac blâme Françoise Sagan de ne point prêcher — à l'heure où l'Empire s'en va en eau de boudin —, quelques-unes des valeurs bien françaises qui nous attachent le peuple marocain par exemple. (Naturellement nous n'avons pas une minute à perdre pour lire les romans et les romancières de cette petite année 1954, mais quand on ressemble à Mauriac, il est obscène de parler d'une fille de dix-huit ans.)
Le dernier numéro de la revue néo-surréaliste — et jusqu'à présent inoffensive — *Medium* tourne à la provocation : le fasciste Georges Soulès surgit au sommaire sous le pseudonyme d'Abellio ; Gérard Legrand s'attaque aux travailleurs nord-africains de Paris.

La peur des vraies questions et la complaisance envers des modes intellectuelles périmées rassemblent ainsi les professionnels de l'écriture, qu'elle se veuille édifiante ou révoltée comme Camus.

Ce qui manque à ces messieurs, c'est la Terreur.

GUY-ERNEST DEBORD

UN NOUVEAU MYTHE

Les derniers lamas sont morts, mais Ivich a les yeux bridés. Qui seront les enfants d'Ivich ?
Dès maintenant Ivich attend, n'importe où dans le monde.

ANDRÉ-FRANK CONORD

LEUR FAIRE AVALER
LEUR CHEWING-GUM

Une fois de plus Foster Rockett Dulles vous appelle aux armes : le Guatemala a exproprié l'« United Fruit », trust qui exploitait depuis 1944 la gomme et les habitants de ce pays pour en tirer l'indispensable chewing-gum.
Le dieu des Armées anticomunistes s'est exprimé

en ces termes : « Pour écarter ces forces du mal, il faut recourir à une action pacifique et collective. » L'action est en cours : les armes *made in U.S.A.* sont déjà livrées au Honduras et au Nicaragua réactionnaires ; des complots sont suscités à grands coups de dollars ; l'Amérique repart pour la Croisade.

Jusque dans le détail, on reprend les méthodes qui ont détruit l'Espagne républicaine.

Mais à Bogota, les étudiants manifestent sous le feu des tanks, et le mouvement révolutionnaire du Guatemala apparaît comme la seule chance de la liberté sur ce continent.

Le gouvernement de J. Arbenz Guzman doit armer les ouvriers.

Aux sanctions économiques, aux attaques militaires de l'impérialisme, il faut répondre par la guerre civile portée dans les pays asservis d'Amérique centrale, et par l'appel aux volontaires d'Europe.

Paris, le 16 juin 1954

> *pour l'Internationale lettriste :*
> ANDRÉ-FRANK CONORD, MOHAMED DAHOU, GUY-ERNEST DEBORD, JACQUES FILLON, PATRICK STRARAM, GIL J WOLMAN.

LE JEU PSYCHOGÉOGRAPHIQUE DE LA SEMAINE

En fonction de ce que vous cherchez, choisissez une contrée, une ville de peuplement plus ou moins dense, une rue plus ou moins animée. Construisez une maison. Meublez-la. Tirez le meilleur parti de sa décoration et de ses alentours. Choisissez la saison et l'heure. Réunissez les personnes les plus aptes, les disques et les alcools qui conviennent. L'éclairage et la conversation devront être évidemment de circonstance, comme le climat extérieur ou vos souvenirs.
S'il n'y a pas eu d'erreur dans vos calculs, la réponse doit vous satisfaire. (Communiquer les résultats à la rédaction.)

THE DARK PASSAGE

À la Galerie du Double Doute, passage Molière (82 rue Quincampoix), l'exposition de métagraphies influentielles se poursuit avec fruit. La permanence lettriste est maintenant protégée des grillages pare-éclats.

NOUVELLE AFFECTATION

Mohamed Dahou demande au groupe lettriste d'Orléansville de désigner cinq hommes résolus qui viendront se mettre à sa disposition à Paris, dans le plus bref délai.

MOHAMED DAHOU

Rédacteur en chef : André-Frank Conord, 15 rue Duguay-Trouin, Paris 6ᵉ.

Bulletin d'information du groupe français de l'Internationale lettriste

potlatch

paraît tous les mardis   29 juin 1954

2

MODE D'EMPLOI DE *POTLATCH*

Nous rappeler à votre bon souvenir ne présente pas d'intérêt. Mais il s'agit de pouvoirs concrets. Quelques centaines de personnes déterminent au petit bonheur la pensée de l'époque. Nous pouvons disposer d'eux, qu'ils le sachent ou non. *Potlatch* envoyé à des gens bien répartis dans le monde nous permet de troubler le circuit où et quand nous le voulons.

Quelques lecteurs ont été choisis arbitrairement. Vous avez tout de même une chance d'en être.

LA RÉDACTION

SANS COMMUNE MESURE

Les plus beaux jeux de l'intelligence ne nous sont rien. L'économie politique, l'amour et l'urba-

nisme sont des moyens qu'il nous faut commander pour la résolution d'un problème qui est avant tout d'ordre éthique.
Rien ne peut dispenser la vie d'être absolument passionnante. Nous savons comment faire.

Malgré l'hostilité et les truquages du monde, les participants d'une aventure à tous égards redoutable se rassemblent, sans indulgence.
Nous considérons généralement qu'en dehors de cette participation, il n'y a pas de manière honorable de vivre.

> *pour l'Internationale lettriste :*
> HENRY DE BÉARN, ANDRÉ-FRANK CONORD, MOHAMED DAHOU, GUY-ERNEST DEBORD, JACQUES FILLON, PATRICK STRARAM, GIL J WOLMAN.

ON NOUS ÉCRIT DE VANCOUVER

On ne m'a pas encore sorti du Canada !… Cela ne saurait tarder peut-être ? Mon comportement n'est plus seulement une énigme, il terrorise, sans qu'on puisse me reprocher aucun geste, aucun mot illicites. Au contraire, conduite exemplaire qui achève de dépayser…

> PATRICK STRARAM

DEUX PHRASES DÉTOURNÉES
POUR IVICH

Ivich gagne, Ivich gagne, et ce sera l'amour presque en souriant.

Elle est retrouvée. Quoi ? L'éternité.
C'est Ivich mêlée au soleil.

Pour toute communication urgente, appeler TUR 42-39.

DEUXIÈME ANNIVERSAIRE

Au soir du 30 juin 1952, *Hurlements en faveur de Sade* est projeté au Ciné-Club dit d'Avant-Garde. Le public s'indigne. Après vingt minutes de grande confusion, la projection du film est interrompue.

EXERCICE
DE LA PSYCHOGÉOGRAPHIE

Piranèse est psychogéographique dans l'escalier.
Claude Lorrain est psychogéographique dans la mise en présence d'un quartier de palais et de la mer.
Le facteur Cheval est psychogéographique dans l'architecture.
Arthur Cravan est psychogéographique dans la dérive pressée.
Jacques Vaché est psychogéographique dans l'habillement.
Louis II de Bavière est psychogéographique dans la royauté.
Jack l'Éventreur est probablement psychogéographique dans l'amour.
Saint-Just est un peu psychogéographique dans la politique[1].
André Breton est naïvement psychogéographique dans la rencontre.
Madeleine Reineri est psychogéographique dans le suicide[2].
Et Pierre Mabille dans la compilation des merveilles, Évariste Galois dans les mathématiques, Edgar Poe dans le paysage, et dans l'agonie Villiers de l'Isle-Adam.

GUY-ERNEST DEBORD

---

1. La Terreur est dépaysante.
2. Voir *Hurlements en faveur de Sade*.

À LA PORTE

L'Internationale lettriste poursuit, depuis novembre 1952, l'élimination de la « Vieille Garde » :

quelques exclus	*quelques motifs*
ISIDORE GOLDSTEIN, alias JEAN-ISIDORE ISOU	Individu moralement rétrograde, ambitions limitées
MOÏSE BISMUTH, alias MAURICE LEMAÎTRE	Infantilisme prolongé, sénilité précoce, bon apôtre
POMERANS, alias GABRIEL POMERAND	Falsificateur, zéro
SERGE BERNA	Manque de rigueur intellectuelle
MENSION	Simplement décoratif
JEAN-LOUIS BRAU	Déviation militariste
LANGLAIS	Sottise
IVAN CHTCHEGLOFF, alias GILLES IVAIN	Mythomanie, délire d'interprétation — manque de conscience révolutionnaire.

Il est inutile de revenir sur les morts, le blount s'en chargera.

GIL J WOLMAN

UTILE À RAPPELER

« Tout ce qui maintient quelque chose contribue au travail de la police. Car nous savons que toutes les idées ou les conduites qui existent déjà sont insuffisantes. La société actuelle se divise donc seulement en lettristes et en indicateurs... »

> (Déclaration du 19 février 1953, signée par Dahou, Debord et Wolman; publiée dans le n° 2 de l'*Internationale lettriste*.)

Rédacteur en chef: André-Frank Conord, 15 rue Duguay-Trouin, Paris 6ᵉ.

Bulletin d'information du groupe français de l'Internationale lettriste

potlatch

paraît tous les mardis   6 juillet 1954

3

LE GUATEMALA PERDU

Le 30 juin, le gouvernement guatémaltèque dont s'est emparé la veille un colonel Monzon, capitule devant l'agression montée par les États-Unis, et leur candidat local C. Armas.
Même les plus imbéciles meneurs des bourgeoisies européennes comprendront plus tard à quel point les succès de leurs « indéfectibles alliés » les menacent, les enferment dans leur contrat irrévocable de gladiateurs mal payés du « american way of life », les condamnent à marcher et à crever patriotiquement dans les prochains assommoirs de l'Histoire, pour leurs quarante-huit étoiles légèrement tricolores.

Depuis l'assassinat des Rosenberg, le gouvernement des États-Unis semble avoir choisi de jeter chaque année, en juin, un défi saignant à tout ce qui, dans le monde, veut et sait vivre librement. La cause du Guatemala a été perdue parce que

les hommes au pouvoir n'ont pas osé se battre sur le terrain qui était vraiment le leur.
Une déclaration de l'Internationale lettriste *(Leur faire avaler leur chewing-gum)* en date du 16 juin — trois jours avant le pronunciamiento — signalait qu'Arbenz devait armer les syndicats, et s'appuyer sur toute la classe ouvrière de l'Amérique centrale dont il représentait l'espoir d'émancipation. Au lieu d'en appeler aux organisations populaires spontanées et à l'insurrection, on a tout sacrifié aux exigences de l'armée régulière, comme si, dans tous les pays, l'armée n'était pas essentiellement fasciste, et toujours destinée à réprimer.

Une phrase de Saint-Just a jugé d'avance les gens de cette espèce :
« Ceux qui font des révolutions à moitié n'ont fait que se creuser un tombeau… »
Le tombeau est ouvert aussi pour nos camarades du Guatemala — dockers, camionneurs, travailleurs des plantations — qui ont été livrés sans défense, et qu'on fusille en ce moment.

Après l'Espagne ou la Grèce, le Guatemala se range parmi les contrées qui attirent un certain tourisme.
Nous souhaitons de faire un jour ce voyage.

pour l'Internationale lettriste :
M.-I. BERNSTEIN, ANDRÉ-FRANK CONORD, MOHAMED DAHOU, G.-E. DEBORD, JACQUES FILLON, GIL J WOLMAN.

TOUT S'EXPLIQUE

Ce sont des gens qu'on appelle « lettristes », comme on disait « jacobins », ou « cordeliers »...

MICHÈLE-IVICH BERNSTEIN

CONSTRUCTION DE TAUDIS

Dans le cadre des campagnes de politique sociale de ces dernières années, la construction de taudis pour parer à la crise du logement se poursuit fébrilement. On ne peut qu'admirer l'ingéniosité de nos ministres et de nos architectes urbanistes. Pour éviter toute rupture d'harmonie, ils ont mis au point quelques taudis types, dont les plans servent aux quatre coins de France. Le ciment armé est leur matériau préféré. Ce matériau se prêtant aux formes les plus souples, on ne l'emploie que pour faire des maisons carrées. La plus belle réussite du genre semble être la « Cité Radieuse » du génial Corbusier, encore que les réalisations du brillant Perret lui disputent la palme.

Dans leurs œuvres, un style se développe, qui fixe les normes de la pensée et de la civilisation occidentale du vingtième siècle et demi. C'est le style « caserne » et la maison 1950 est une boîte.

Le décor détermine les gestes : nous construirons des maisons passionnantes.

A.-F. CONORD

LA MEILLEURE NOUVELLE DE LA SEMAINE

« Perpignan, 30 juin (dép. *France-Soir*). — Un accident d'automobile, survenu ce matin à 4 h 30 près du village de Saises, a coûté la vie au Révérend Père Emmanuel Suarez, général des Dominicains, et au Père Auréliano Marinez Cantarino, secrétaire général du même ordre.
Les deux religieux revenaient de Rome en voiture et se rendaient en Espagne. Il semble que le Père Cantarino, qui conduisait, se soit endormi à son volant, vaincu par la fatigue. La voiture, qui roulait à vive allure, alla s'écraser contre un arbre et ses deux occupants furent tués sur le coup. »

PIN YIN CONTRE VACHÉ

La grande vogue des guerres et des « lettres de guerre » nous impose de connaître les actes les plus sales d'héroïsme, comme les plus beaux témoignages de désertion.

Mais cette apologie d'une fuite à l'intérieur que furent les symboles essentiellement symboliques de Jacques Vaché («jamais je ne gagnerai tant de guerres»), nous ne la goûtons plus; nous choisirons la mutinerie qui gagne.

Nous savons comment se construisent les personnages. Nous n'oublions pas que Jacques Vaché a tout de même été entièrement conditionné par le système militaire du moment. (Au contraire Arthur Cravan paraît avoir réussi d'un bout à l'autre un fulgurant voyage, sans aucun des visas du siècle.)

Nous ne voulons pas contester la grandeur de la résistance individuelle de Vaché, mais, comme nous l'écrivions en octobre 1952 à propos du néfaste Chaplin-Feux-de-la-Rampe : «Nous croyons que l'exercice le plus urgent de la liberté est la destruction des idoles, surtout quand elles se recommandent de la liberté.» (*Internationale lettriste* n° 1.)

Nous avouons ne juger les littératures qu'en fonction des impératifs de notre propagande : la diffusion des «Lettres» de Vaché parmi les lycéens français n'apporte que certaines formulations élégantes aux plates négations qui sont à la mode.

Cependant, par un petit livre à peu près inconnu, le *Journal d'une jeune révolutionnaire chinoise* (Librai-

rie Valois, 1931) Pin Yin, une écolière de seize ans qui a suivi l'Armée Populaire dans sa marche sur Changhaï, nous a gardé ces deux mots de jeunesse rouge :
« Quant à mes parents, je ne voulais naturellement pas les quitter. Mais nous ne devons plus penser à cela, parce que la Révolution doit sacrifier un petit nombre d'hommes pour le bien et le bonheur de la grande majorité… »

On sait la fin de cette histoire ; et les vingt ans de règne du général qui se survit encore à Formose ; et les bourreaux du Kuomintang :
«… Mais nous ne sentions nullement la souffrance, nous croyions que demain serait calme et beau : un soleil rouge comme le sang et devant nous, un grand chemin tout rempli de lumière, un beau jardin. »
La voix de Pin Yin nous parvient de cette retombée du jour où sont partis, où disparaissent — à quelle vitesse en kilomètres-seconde de la rotation terrestre ? — nos amies et nos plus sûrs complices. Les meilleures raisons, du moins, ne manqueront pas à la guerre civile.

G.-E. DEBORD

Potlatch *est envoyé à certaines des adresses qui sont communiquées à la rédaction.*

Rédacteur en chef : André-Frank Conord, 15 rue Duguay-Trouin, Paris 6ᵉ.

Bulletin d'information du groupe français de l'Internationale lettriste

potlatch

paraît tous les mardis   13 juillet 1954

4

LE MINIMUM DE LA VIE

On ne dira jamais assez que les revendications actuelles du syndicalisme sont condamnées à l'échec; moins par la division et la dépendance de ces organismes reconnus que par l'indigence des programmes.

On ne dira jamais assez aux travailleurs exploités qu'il s'agit de leurs vies irremplaçables où tout pourrait être fait; qu'il s'agit de leurs plus belles années qui passent, sans aucune joie valable, sans même avoir pris des armes.

Il ne faut pas demander que l'on assure ou que l'on élève le « minimum vital », mais que l'on renonce à maintenir les foules au minimum de la vie. Il ne faut pas demander seulement du pain, mais des jeux.

Dans le « statut économique du manœuvre léger », défini l'année dernière par la Commission des conventions collectives, statut qui est une insupportable injure à tout ce que l'on peut encore

attendre de l'homme, la part des loisirs — et de la culture — est fixée à un roman policier de la Série Noire par mois.
Pas d'autre évasion.
Et de plus, par son roman policier, comme par sa Presse ou son Cinéma d'Outre-Atlantique, le régime étend ses prisons, dans lesquelles il ne reste rien à gagner — mais rien à perdre que ses chaînes.
La vie est *à gagner* au-delà.
Ce n'est pas la question des augmentations de salaires qu'il faut poser, mais celles de la condition faite au peuple en Occident.
Il faut refuser de lutter à l'intérieur du système pour obtenir des concessions de détail immédiatement remises en cause ou regagnées ailleurs par le capitalisme. C'est le problème de la survivance ou de la destruction de ce système qui doit être radicalement posé.
Il ne faut pas parler des ententes possibles, mais des réalités inacceptables : demandez aux ouvriers algériens de la Régie Renault où sont leurs loisirs, et leur pays, et leur dignité, et leurs femmes ? Demandez-leur quel peut être leur espoir ? La lutte sociale ne doit pas être bureaucratique, mais passionnée. Pour juger les désastreux résultats du syndicalisme professionnel, il suffit d'analyser les grèves spontanées d'août 1953 ; la résolution de la base ; le sabotage par les centrales jaunes : l'abandon par la C.G.T. qui n'a su ni provoquer la grève générale ni l'utiliser alors qu'elle s'étendait victorieusement. Il faut, au contraire, prendre conscience de quelques faits qui peuvent passionner

le débat : le fait par exemple que partout dans le monde nos amis existent, et que nous nous reconnaissons dans leur combat. Le fait aussi que la vie passe, et que nous n'attendons pas de compensations, hors celles que nous devons inventer et bâtir nous-mêmes.
Ce n'est qu'une affaire de courage.

> *pour l'Internationale lettriste :*
> MICHÈLE I. BERNSTEIN, ANDRÉ-FRANK CONORD, MOHAMED DAHOU, G.-E. DEBORD, JACQUES FILLON, GIL J WOLMAN.

LA MEILLEURE NOUVELLE DE LA SEMAINE

« Madrid, 8 juillet. — Le général Franco a tenu hier devant le sénateur américain Byrd, qu'il a reçu pendant plus d'une heure en son palais du Prado, des paroles assez dures pour la France qui est, d'après lui, "dans une mauvaise passe". Il a indiqué au sénateur que, pour sa part, il avait bien peu d'espoir quant à son avenir de grande puissance. » (*Paris-Presse*, 9/7/54.)

L'exposition de métagraphies influentielles ouverte le 11 juin à la Galerie du Double Doute s'est achevée le 7 juillet sans incidents graves.

UNE ENQUÊTE DE L'INTERNATIONALE LETTRISTE

— Quelle nécessité reconnaissez-vous au JEU COLLECTIF dans une société moderne ?

— Quelle attitude convient-il de prendre envers les détournements réactionnaires de ce besoin (style Tour de France) ?

*Communiquer les réponses à Mohamed Dahou, rédacteur en chef de l'*Internationale lettriste, *32 rue de la Montagne-Geneviève, Paris 5e.*

PROCHAINE PLANÈTE

Les constructeurs en sont perdus, mais d'inquiétantes pyramides résistent aux banalisations des agences de voyage.
Le facteur Cheval a bâti dans son jardin d'Hauterive, en travaillant toutes les nuits de sa vie, son injustifiable « Palais Idéal » qui est la première manifestation d'une architecture de dépaysement.
Ce Palais baroque qui *détourne* les formes de divers

monuments exotiques, et d'une végétation de pierre, ne sert qu'à se perdre. Son influence sera bientôt immense. La somme de travail fournie par un seul homme avec une incroyable obstination n'est naturellement pas appréciable en soi, comme le pensent les visiteurs habituels, mais révélatrice d'une étrange passion restée informulée.
Ébloui du même désir, Louis II de Bavière élève à grands frais dans les montagnes boisées de son royaume quelques délirants châteaux factices — avant de disparaître dans des eaux peu profondes.
La rivière souterraine qui était son théâtre ou les statues de plâtre dans ses jardins signalent cette entreprise *absolutiste*, et son drame.
Il y a là, bien sûr, tous les motifs d'une intervention pour la racaille des psychiatres ; et encore des pages à baver pour les intellectuels paternalistes qui relancent de temps en temps un « naïf ».
Mais la naïveté est leur fait. Ferdinand Cheval et Louis de Bavière ont bâti les châteaux qu'ils voulaient, à la taille d'une nouvelle condition humaine.

VALABLE PARTOUT

« On n'a pas été sans remarquer à quels résultats étranges aboutissaient les élections en notre pays. Au point qu'à la lecture des chiffres, on pouvait se demander si "le peuple" ne se compose pas, somme toute, de millionnaires, auxquels ne s'opposerait qu'une élite infime d'ouvriers. »

> *Extrait du n° 1 de la revue* Les Lèvres Nues, *Bruxelles, Belgique.*

LE DROIT DE RÉPONSE

Tout le monde sait que l'extrême droite française s'apprête à une épreuve de force. Les provocations du 14 juillet 1953 en témoignent aussi bien que les émeutes qui ont suivi la reddition du général Castries à Dien Bien Phu. Ces émeutes étaient organisées par des groupes de choc ostensiblement soutenus par la Police, groupes formés d'anciens d'Indochine (cf. *France-Observateur* du 25 juin dernier) ou des éléments les plus inintelligents de la jeunesse étudiante. Chaque semaine, des vendeurs de la presse de gauche sont pris à partie par des voyous bien décidés à se faire la main.
À toute violence, il faut riposter par une violence plus grande : il existe heureusement en France, depuis quelques années, une minorité combative d'une conscience révolutionnaire avancée ; les travailleurs nord-africains sont particulièrement nombreux à Paris et dans les villes du Nord ou de l'Est. Un sincère effort de propagande parmi eux est extrêmement « payant ». Les avantages de cette alliance sont aussi nombreux qu'apparents. Leur technique de la bagarre de rue est égale ou

supérieure à celle des formations paramilitaires les plus entraînées. Des permanences se sont constituées d'elles-mêmes dans de nombreux quartiers où les cafés algériens sont emplis de chômeurs.
Enfin, entre tous les Nord-Africains de Paris, l'accord s'est fait sur quelques sujets : ils sont prêts à taillader toute espèce de fasciste, quelle qu'en soit l'étiquette.
Malgré le secours de la police, il est très facile d'expulser de la voie publique certaines canailles.

LA RÉDACTION

Rédacteur en chef : André-Frank Conord, 15 rue Duguay-Trouin, Paris 6ᵉ.

Bulletin d'information du groupe français de l'Internationale lettriste

potlatch

paraît tous les mardis 20 juillet 1954

5

LES CATHARES AVAIENT RAISON

« Washington, 9 juillet. — Toute la presse américaine publie aujourd'hui des photos du physicien Marcel Schein, professeur à l'université de Chicago, de son tableau noir et de son "anti-proton", mystérieuse particule de matière cosmique qui aurait été détectée l'hiver dernier par un ballon-sonde à 30 kilomètres au-dessus du Texas.

Il s'agirait en fait d'une des plus grandes découvertes de la science moderne. L'anti-proton, recherché depuis des années par les physiciens du monde entier, serait l'opposé du proton.

Le proton est le noyau de l'atome d'hydrogène et, par conséquent, constitue l'élément de base de tous les corps terrestres. Un proton et un anti-proton qui se rencontrent se détruisent mutuellement. L'anti-proton serait donc capable d'annihiler toute matière composée de protons. Ce serait essentiellement une "contre-matière". Il paraît cependant impossible d'en réunir suffisamment pour détruire la planète. » (*Combat*, 10 juillet.)

CONCLUSION

— Le nouveau gouvernement du Guatemala vient de retirer le droit de vote aux illettrés. (*Le Figaro*, 9/7.)
— Le général Carlos Castillo Armas, chef des insurgés qui ont remporté la victoire au Guatemala, a été nommé président de la junte militaire. (*Paris-Presse*, 10/7.)
— Castillo Armas définit sa politique : « La justice du peloton d'exécution. » (*L'Humanité*, 14/7.)

LES GRATTE-CIEL
PAR LA RACINE

Dans cette époque de plus en plus placée, pour tous les domaines, sous le signe de la répression, il y a un homme particulièrement répugnant, nettement plus flic que la moyenne. Il construit des cellules unités d'habitations, il construit une capitale pour les Népalais, il construit des ghettos à la verticale, des morgues pour un temps qui en a bien l'usage, *il construit des églises*.
Le protestant modulor, le Corbusier-Sing-Sing, le

barbouilleur de croûtes néo-cubistes fait fonctionner la « *machine à habiter* » pour la plus grande gloire du Dieu qui a fait à son image les charognes et les corbusiers.

On ne saurait oublier que si l'Urbanisme moderne n'a encore jamais été un art — et d'autant moins un cadre de vie —, il a par contre été toujours inspiré par les directives de la Police; et qu'après tout Haussmann ne nous a fait ces boulevards que pour commodément amener du canon.

Mais aujourd'hui la prison devient l'habitation-modèle, et la morale chrétienne triomphe sans réplique, quand on s'avise que Le Corbusier ambitionne de *supprimer la rue*. Car il s'en flatte. Voilà bien le programme : la vie définitivement partagée en îlots fermés, en sociétés surveillées; la fin des chances d'insurrection et de rencontres; la résignation automatique. (Notons en passant que l'existence des automobiles sert à tout le monde — sauf, bien sûr, aux quelques « économiquement faibles » — : le préfet de police qui vient de disparaître, l'inoubliable Baylot, déclarait de même après le dernier monôme du baccalauréat que les manifestations dans la rue étaient désormais incompatibles avec les nécessités de la circulation. Et, tous les 14 juillet, on nous le prouve.)

Avec Le Corbusier, les jeux et les connaissances que nous sommes en droit d'attendre d'une architecture vraiment bouleversante — le dépaysement quotidien — sont sacrifiés au vide-ordures que l'on n'utilisera jamais pour la Bible réglementaire, déjà en place dans les hôtels des U.S.A.

Il faut être bien sot pour voir ici une architecture moderne. Ce n'est rien qu'un retour en force du vieux monde chrétien mal enterré. Au début du siècle dernier, le mystique lyonnais Pierre-Simon Ballanche, dans sa « Ville des Expiations » — dont les descriptions préfigurent les « cités radieuses » — a déjà exprimé cet idéal d'existence :

« La Ville des Expiations doit être une image vive de la loi monotone et triste des vicissitudes humaines, de la loi imployable des nécessités sociales : on doit y attaquer de front toutes les habitudes, même les plus innocentes ; il faut que tout y avertisse incessamment que rien n'est stable, et que la vie de l'homme est un voyage dans une terre d'exil. »

Mais à nos yeux les voyages terrestres ne sont ni monotones ni tristes ; les lois sociales ne sont pas imployables ; les habitudes qu'il faut attaquer de front doivent faire place à un incessant renouvellement de merveilles ; et le premier confort que nous souhaitons sera l'élimination des idées de cet ordre, et des mouches qui les propagent.

Qu'est-ce que M. Le Corbusier soupçonne des *besoins* des hommes ?

Les cathédrales ne sont plus blanches. Et vous nous en voyez ravis. L'« ensoleillement » et la place au soleil, on connaît la musique — orgues et tambours M.R.P. — et les pâturages du ciel où vont brouter les architectes défunts. Enlevez le bœuf, c'est de la vache.

INTERNATIONALE LETTRISTE

LA MEILLEURE NOUVELLE
DE LA SEMAINE

« Tokyo, 14 juillet. — La grève que font actuellement les employées d'une soierie pour leur droit à une vie sentimentale normale, s'est presque transformée en "guerre" entre les employeurs et la population de Fujinomiya, 64 kilomètres de Tokyo. Les jeunes employées de l'usine "Omi Silk Spinning Company", qui vivent en dortoirs sous un régime très strict, se plaignent que la compagnie fait tout ce qui est en son pouvoir pour les empêcher de se marier ou d'avoir une vie sentimentale "à cause du manque de rendement qui en résulterait."
Elles se plaignent d'avoir besoin de la permission de sept personnes pour pouvoir quitter l'usine et ses dépendances, de ne pouvoir se mettre de rouge à lèvres ou de poudre et d'avoir à se coucher tous les soirs à neuf heures.
Le directeur de la firme, M. Kakuji Natsukawa, est un bouddhiste et les jeunes filles se plaignent d'avoir à défiler chaque matin sur le terrain de l'usine en chantant des hymnes bouddhistes.
Ces hymnes sont suivis d'autres chants ayant pour titre par exemple : "Aujourd'hui je ne ferai pas de demande inconsidérée", ou "Aujourd'hui, je ne me plaindrai pas". » (*Combat*, 15 juillet.)

UNE AUTOCRITIQUE EXEMPLAIRE

«... La complicité d'un climat commun ne les empêche pas d'exclure un des leurs, dès qu'il manifeste le moindre signe de vulgarité, dès qu'il se contente de ce qu'il a fait.»

(Écrit en octobre 1953 par un membre de l'Internationale lettriste, exclu en juin 1954.)

Ce numéro de *Potlatch* a été rédigé par Bernstein, Conord, Dahou, Debord, Fillon, Wolman.

RÉPONSE À UNE ENQUÊTE DU GROUPE SURRÉALISTE BELGE

« Quel sens donnez-vous au mot poésie ? »

La poésie a épuisé ses derniers prestiges formels. Au-delà de l'esthétique, elle est toute dans le pouvoir des hommes sur leurs aventures. La poésie se lit sur les visages. Il est donc urgent de créer des visages nouveaux. La poésie est dans la forme des villes. Nous allons donc en construire de boule-

versantes. La beauté nouvelle sera DE SITUATION, c'est-à-dire *provisoire* et vécue.
Les dernières variations artistiques ne nous intéressent que pour la puissance *influentielle* que l'on peut y mettre ou y découvrir. La poésie pour nous ne signifie rien d'autre que l'élaboration de conduites absolument neuves, et les moyens de s'y passionner.

INTERNATIONALE LETTRISTE

Paru dans le numéro spécial de *La Carte d'après Nature*. Bruxelles, janvier 1954.

Rédacteur en chef : André-Frank Conord, 15 rue Duguay-Trouin, Paris 6ᵉ.

Bulletin d'information du groupe français de l'Internationale lettriste

potlatch

paraît tous les mardis   27 juillet 1954

6

LE BRUIT ET LA FUREUR

En 1947, la poésie onomatopéique marquait la première intervention scandaleuse d'un nouveau courant d'idées. Un groupe réuni sous la dénomination de « lettristes », à cause de la poétique qu'il proclamait, devait dans les années qui suivirent étendre son champ d'action au roman, à la peinture (1950) et au cinéma (1951).

Dadaïsme en positif, cette époque du mouvement opéra la critique de l'évolution formelle des disciplines esthétiques, dans un souci exclusif de nouveauté qui n'était pas — comme on nous l'a trop facilement objecté — goût de l'originalité à tout prix, mais volonté de se soumettre les *mécanismes* de l'invention. L'élargissement dialectiquement prévisible des objectifs du Lettrisme, marqué par de vives luttes de factions et l'exclusion de meneurs dépassés, devait situer le problème dans la seule utilisation de ces mécanismes, à des fins passionnelles.

L'Internationale lettriste, fondée en juin 1952, a groupé la tendance extrémiste du mouvement. En octobre de la même année, à la suite des incidents provoqués par les tenants de l'Internationale contre Charles Chaplin, et du désaveu de ce geste par la droite lettriste, l'accord avec la tendance rétrograde était dénoncé, et ses membres épurés.

Notre démarche s'est, depuis, précisée à toute occasion.

Nous avons toujours avoué qu'une certaine pratique de l'architecture, par exemple, ou de l'agitation sociale, ne représentait pour nous que des moyens d'approche d'une forme de vie à construire.

Seule, une hostilité de mauvaise foi conduit une part de l'opinion à nous confondre avec une phase de l'expression poétique — ou de sa négation — qui nous importe aussi peu, et autant que toute autre forme *historique* qu'a pu prendre l'écriture.

Il est aussi maladroit de nous limiter au rôle de partisans d'une quelconque esthétique que de nous dénoncer comme on l'a fait par ailleurs, en tant que drogués ou gangsters. Nous avons assez dit que le programme de revendications défini naguère par le surréalisme — pour citer ce système — nous apparaissait comme un *minimum* dont l'urgence ne doit pas échapper.

Quant aux ambitions personnelles, elles sont assez peu conciliables avec les causes pour lesquelles nous nous sommes délibérément compromis.

22 juillet 1954

> *pour l'Internationale lettriste :*
> MICHÈLE-I. BERNSTEIN, ANDRÉ-FRANK CONORD, MOHAMED DAHOU,
> G.-E. DEBORD, JACQUES FILLON, VÉRA, GIL J WOLMAN.

NOTES
POUR UN APPEL À L'ORIENT

Les États arabes meurent. Où pourraient mener leurs politiques nationales, fondées sur la misère de leurs peuples ?
Il n'y a pas eu de révolution égyptienne. Elle est morte dès les premiers jours ; elle est morte avec les ouvriers du textile fusillés pour « communisme ». En Égypte on endort la foule en lui montrant le canal de Suez. Les Anglais ne s'en iront pas loin : seulement jusqu'en Jordanie ou en Libye.
L'Arabie Saoudite fonde sa vie sociale sur le Coran et vend son pétrole aux Américains. Tout le Moyen-Orient est aux mains des militaires. Les puissances capitalistes dressent des nationalismes rivaux, et en jouent.
Il faut dépasser toute idée de nationalisme.

L'Afrique du Nord doit se libérer non seulement d'une occupation étrangère, mais de ses maîtres féodaux. Nous devons reconnaître notre pays partout où règne une idée de la liberté qui nous convienne, et là seulement.
Nos frères sont au-delà des questions de frontière et de race. Certaines oppositions, comme le conflit avec l'État d'Israël, ne peuvent être résolues que par la révolution dans les deux camps. Il faut dire aux pays arabes : Notre cause est commune. Il n'y a pas d'Occident en face de vous.

MOHAMED DAHOU

LES MEILLEURES NOUVELLES DE LA SEMAINE

« Cessez-le-feu signé pour toute l'Indochine. » (*France-Soir*, 22/7.)
« Tunis, 20 juillet, A.F.P. — Les mouvements de fellaghas restent importants. Durant les dernières trente-six heures, on a signalé le passage de bandes rebelles montant des montagnes du sud-ouest en direction du Kef. On s'attend à des actions de ces hors-la-loi et les autorités ont pris toutes les précautions pour pallier cette menace. On signale par ailleurs que 150 jeunes gens du Sahel viennent de rejoindre les fellaghas. » (*Le Parisien Libéré*, 21/7.)

LES PETITS STUPÉFIANTS

La futilité des distractions connues explique l'assentiment qu'une majorité se tient prête à donner aux plus affligeantes des entreprises réputées sérieuses : guerres continentales ou bonne marche des grands magasins du « Printemps ».
Les « moyens d'évasion » dont on fait commerce sont si pauvres que seule la répression imbécile de notre société d'héritage chrétien crée quelque différence entre l'ivresse traditionnelle des jeunes conscrits et l'accoutumance à la morphine.
L'évasion n'est jamais possible ; mais bien le changement de toutes les conditions de notre vie. Le reste n'est pas amusant, mais vulgaire. Ceux qui choisissent la facilité ne savent que se perdre dans les promiscuités, les petits stupéfiants, l'ennui, la petitesse...
Qu'est-ce qu'un roi sans divertissement ?
Les chances de nouveaux comportements sont en jeu.
Ce jeu ne peut être mené qu'avec la plus grande rigueur.

DÉLIMITATION DU MYTHE

Il est des femmes qui ont manqué leurs vies pour être nées vingt ans trop tôt. Ainsi en alla-t-il d'Ivich, qui existe depuis toujours. Elle était déjà sans âge lorsque Œdipe l'abordait aux portes de Thèbes. Plus tard, quelques auteurs consignent son passage rapide. Aperçue parfois, parfois adorée, jamais comprise.

Il semble, depuis quelques années, qu'elle prépare un retour en force, qui s'accomplirait lorsque tout serait enfin influentiel. Sa dernière apparition date des *Chemins de la Liberté*. On aurait pu s'y tromper : Sartre, assez myope, a vu Ivich blonde, alors même qu'elle est brune.

On avait rarement signalé son passage dans notre pays, mais il est normal qu'elle se réfugie où elle est attendue. Ce qu'elle ignore, ou n'ose pas admettre encore. Elle épouse en attendant des approximations. Ce qui cause et le malheur du monde, et la fatigue d'Ivich, qui n'ose pas encore lever les yeux. Les hommes sont brutaux, bruyants ; ils s'agitent. Au fond, ils ne dépassent pas un grand silence. Cependant, si dans cet univers, il y a peu de sourires, il y en aura bientôt. Car on recherche Ivich. Elle est en marche vers nous. Mais la vie est mouvante, n'a pas de fin, à l'instar des romans. La suite est donc au prochain numéro.

A.-F. C.

PETITES ANNONCES
PSYCHOGÉOGRAPHIQUES

L'Internationale lettriste cherche trois appartements à louer, dans la rue Valette (5ᵉ arrondissement).

Rédacteur en chef : André-Frank Conord, 15 rue Duguay-Trouin, Paris 6ᵉ.

Bulletin d'information du groupe français de l'Internationale lettriste

potlatch

paraît tous les mardis 3 août 1954

7

« ... UNE IDÉE NEUVE EN EUROPE »

Le vrai problème révolutionnaire est celui des loisirs. Les interdits économiques et leurs corollaires moraux seront de toute façon détruits et dépassés bientôt. L'organisation des loisirs, l'organisation de la liberté d'une foule, *un peu moins* astreinte au travail continu, est déjà une nécessité pour l'État capitaliste comme pour ses successeurs marxistes. Partout on s'est borné à l'abrutissement obligatoire des stades ou des programmes télévisés.
C'est surtout à ce propos que nous devons dénoncer la condition immorale que l'on nous impose, l'état de misère.
Après quelques années passées *à ne rien faire* au sens commun du terme, nous pouvons parler de notre attitude sociale d'avant-garde, puisque dans une société encore provisoirement fondée sur la production nous n'avons voulu nous préoccuper sérieusement que des loisirs.

Si cette question n'est pas ouvertement posée avant l'écroulement de l'exploitation économique actuelle, le changement n'est qu'une dérision. La nouvelle société qui reprend les buts d'existence de l'ancienne, faute d'avoir reconnu et imposé un désir nouveau, c'est là le courant vraiment utopique du Socialisme.
Une seule entreprise nous paraît digne de considération : c'est la mise au point d'un divertissement intégral.
L'aventurier est celui qui fait arriver les aventures, plus que celui à qui les aventures arrivent.
La *construction de situations* sera la réalisation continue d'un grand jeu délibérément choisi ; le passage de l'un à l'autre de ces décors et de ces conflits dont les personnages d'une tragédie mouraient en vingt-quatre heures. Mais le temps de vivre ne manquera plus.
À cette synthèse devront concourir une critique du comportement, un urbanisme influentiel, une technique des ambiances et des rapports, dont nous connaissons les premiers principes.
Il faudra réinventer en permanence l'attraction souveraine que Charles Fourier désignait dans le libre jeu des passions.

> *pour l'Internationale lettriste :*
> MICHÈLE I. BERNSTEIN, ANDRÉ-FRANK
> CONORD, MOHAMED DAHOU,
> GUY-ERNEST DEBORD, JACQUES
> FILLON, VÉRA, GIL J WOLMAN.

LA MEILLEURE NOUVELLE DE LA SEMAINE

«Washington, 29 juillet (A.F.P.). — Dans une allocution prononcée à l'occasion d'un congrès religieux, M. Richard Nixon, vice-président des États-Unis, a déclaré qu'il pensait que ceux qui s'imaginaient qu'un *"bol plein de riz"* pourrait empêcher les peuples d'Asie de se tourner vers le communisme *"se trompaient lourdement"*.
"Le bien-être économique est important", a poursuivi le président, *"mais affirmer que l'on peut gagner les peuples de l'Asie à notre cause en relevant leur niveau de vie est un mensonge et une calomnie. Ce sont des peuples fiers qui possèdent un grand passé historique."* »

DRÔLE DE VIE

Sous le titre de «Drôle d'exposition», une feuille de province nommée *Nice-Matin* révèle, à propos de la manifestation métagraphique de l'Internationale lettriste à la galerie du Double Doute, que «cette nouvelle forme artistique n'est pas gratuite puisqu'elle se propose de conditionner les sentiments et les gestes des spectateurs».
Puisqu'on nous en fait le reproche, il faut bien admettre qu'en effet il n'existe pas de différence essentielle entre une métagraphie et un quotidien d'information.

Tout au plus peut-on se demander au service de quelle propagande les uns et les autres entreprennent de « conditionner les sentiments et les gestes ».
L'exposition de la Galerie du Double Doute ne nous semble pas plus « insolite » ni plus « bizarre » que les conditions d'existence dont certains s'accommodent. Il se trouve des gens pour acheter la feuille de province — pauvrement réactionnaire — nommée *Nice-Matin*. Et d'autres pour y travailler.

LES GRANDES VICTOIRES
DE LA FRANCE

Mlle Geneviève de Galard a soutenu avec brio ce qui fut sans doute la seconde grande épreuve de son existence. Elle a séduit les Américains...
Après tout, on pouvait redouter le pire...
« Mademoiselle Geneviève », « the angel » n'avait pas besoin d'être « éclairée » ou préparée. Elle trouva d'elle-même les réponses qui venaient du cœur...
Lorsqu'elle déclara que Dien Bien Phu avait montré que *« la France avait une âme et que les Français continuaient de se battre pour l'honneur »*, il y eut des larmes dans les yeux des Américains...
Ce fut le triomphe de la simplicité et de la gentillesse...
... Geneviève reste très à son aise, gardant son allure de jeune fille de bonne famille et de solide

cheftaine au regard clair. L'épreuve la plus dure qu'elle eut à connaître hier fut de donner environ deux mille poignées de main...
Très certainement le voyage de Mlle de Galard a brillamment servi la cause de la France ici. (Du correspondant particulier du *Monde*. Washington, 29 juillet.)

LES MALHEURS D'IVICH

La littérature clandestine a ses servitudes. De fâcheux bourdons altéraient le sens de l'article d'A.-F. Conord publié dans le n° 6 de *Potlatch* : « Délimitation du mythe ».
Nos lecteurs auront naturellement rectifié d'eux-mêmes.

ON DÉTRUIT LA RUE SAUVAGE

Un des plus beaux sites spontanément psychogéographiques de Paris est actuellement en voie de disparition :

La rue Sauvage, dans le XIII° arrondissement, qui présentait la plus bouleversante perspective nocturne de la capitale, placée entre les voies ferrées de la gare d'Austerlitz et un quartier de terrains

vagues au bord de la Seine (rue Fulton, rue Bellièvre) est — depuis l'hiver dernier — encadrée de quelques-unes de ces constructions débilitantes que l'on aligne dans nos banlieues pour loger les gens tristes.
Nous déplorons la disparition d'une artère peu connue, et cependant plus *vivante* que les Champs-Élysées et leurs lumières.
Nous ne sommes pas attachés au charme des ruines. Mais les casernes civiles qui s'élèvent à leur place ont une laideur gratuite qui appelle les dynamiteurs.

Potlatch est envoyé à certaines des adresses qui sont communiquées à la rédaction.

Rédacteur en chef : André-Frank Conord, 15 rue Duguay-Trouin, Paris 6ᵉ.

Bulletin d'information du groupe français de l'Internationale lettriste

potlatch

paraît tous les mardis   10 août 1954

8

POUR LA GUERRE CIVILE AU MAROC

Alors qu'au Maroc la violence augmente chaque jour entre la partie évoluée des populations urbaines et les tribus féodales utilisées par la France, l'action d'une minorité authentiquement révolutionnaire ne doit pas être différée.
Appuyant d'abord les revendications dynastiques du nationalisme, cette minorité peut dès maintenant entraîner la base du mouvement vers une insurrection plus sérieuse, sans subordonner son intervention à une prise de conscience de classe par l'ensemble du prolétariat marocain.
Cette prise de conscience ne jouera pas historiquement dans la crise qui s'ouvre. Il faut essayer de la provoquer dans l'accomplissement d'une lutte engagée par d'autres tendances, sur d'autres plans (terroristes antifrançais, fanatiques religieux).
La guerre de la liberté se mène à partir du désordre.

INTERNATIONALE LETTRISTE

LES BARBOUILLEURS

L'emploi de la polychromie pour la décoration extérieure des constructions des hommes avait toujours marqué l'apogée, ou la renaissance, d'une civilisation. Il ne reste rien, ou presque, des réalisations des Égyptiens, des Mayas ou Toltèques, ou des Babyloniens dans ce domaine. Mais on en parle encore.
Que les architectes reviennent depuis quelques années à la polychromie ne saurait donc nous surprendre. Mais leur pauvreté spirituelle et créatrice, leur manque total de simple humanité, sont au moins désolants. La polychromie ne sert actuellement qu'à masquer leur incompétence. Deux exemples, choisis après une enquête menée auprès de cent cinquante architectes parisiens, le prouvent assez :

Projet de trois jeunes architectes (22-25-27 ans) persuadés de leur génie et de leur nouveauté, naturellement admirateurs du Corbusier :
À Aubervilliers — lieu déshérité s'il en fut, puisqu'un jeune admirateur du céramiste saint-sulpicien Léger y a déjà fait des siennes —, long cube parallélépipédique rectangle. Pour faire comme il se doit « jouer » la façade jugée trop plate, on la flanquera de panneaux jaunes alternant avec des panneaux violets, de 1 m sur 60 cm. On laissera

aux ouvriers le choix de la place des panneaux. Le hasard objectif en quelque sorte.

Mais à quand la première construction absolument « automatique » ?

Projet d'un architecte relativement connu (45 ans) : Près de Nantes, « blocs » scolaires : deux longs cubes séparés par l'inévitable terrain de sport et ses magnifiques orangers nains en caisse. La construction de droite, côté garçons, sera recouverte de panneaux verts et rouges, 2 m sur 1, la construction de gauche, côté filles, de panneaux jaunes et violets, mêmes dimensions.

Les architectes en question vont réaliser cette adorable débauche de couleurs au moyen de minces panneaux de ciment. Ils ignorent à peu près totalement comment ce matériau va se comporter en présence des réactifs chimiques contenus dans les colorants. À Aubervilliers, seule une gouttière protégera de la pluie une façade de cinq étages. À Nantes, d'ailleurs, même insouciance, mais pour deux étages seulement.

On sait à quel point le violet est désagréablement influentiel ; on sait à quelles pompes il participe en général ; on pressent quel alliage formeront bientôt le jaune sale et le violet délavé. Ces exemples se passeront donc de commentaires. On jugera seulement de la pauvreté actuelle des recherches architecturales quand on saura que la plupart des architectes interviewés, lorsqu'ils s'intéressent à la polychromie, ne semblent vouloir se servir que du jaune et du violet, ou du rouge et du vert, alliage un peu « jeune » pour notre temps. Cependant, un architecte (45-50 ans) de la rue de l'Université, et un autre (même âge) de la rue de Vaugirard, préparent sans forfanterie des compositions plus intéressantes. Le premier, qui revient d'Amérique — et il paraît intéressant de noter qu'actuellement, la forme la plus civilisée d'architecture nous vient des U.S.A. avec Frank Lloyd Wright et son architecture «organique», ou d'Amérique latine, avec Rivera et ses villes —, construit surtout des villas pour gens riches, en travaillant dans les tons clairs, en se servant de matériaux sûrs, du carreau de céramique à la brique hollandaise. Le second travaille dans les mêmes teintes, mais pour des immeubles plus ou moins H.L.M. Il est donc assez limité dans sa recherche, et s'en voit parfois réduit à faire appel au ciment, quand ce n'est pas au «bloc Gilson». On le regrettera pour lui — et pour les autres.

Ce numéro de Potlatch *a été rédigé par :*
M.-I. BERNSTEIN, A.-F. CONORD,
MOHAMED DAHOU, G.-E. DEBORD,
JACQUES FILLON, VÉRA, WOLMAN.

LA MEILLEURE NOUVELLE
DE LA SEMAINE

«L'Allemagne de l'Ouest, en plein essor industriel, est menacée des premiers troubles sociaux sérieux depuis la fin de la guerre. La grève des transports et des services publics de Hambourg, qui dure depuis quarante-huit heures, gagne

Cologne. Ainsi l'agitation sociale partie de Hambourg gagne peu à peu toute l'Allemagne de l'Ouest, où déjà plus d'un million d'ouvriers revendiquent des augmentations de salaires, ainsi que la réduction des heures de travail. » (*France-Soir*, 7/8/54.)

Projet d'affiche pour les murs d'Algérie :

ALLEZ PASSER VOS VACANCES AU MAROC

Édité par le groupe algérien de l'Internationale lettriste.

36 RUE DES MORILLONS

> « Et c'est en ce temps-là que l'on commença de voir gravé çà et là sur les chemins, en lettres que personne ne pouvait effacer : *C'est le commencement des aventures par lesquelles le lion mystérieux sera pris...* »

Le curieux destin des objets trouvés ne nous intéresse pas tant que les attitudes de la recherche. Le nommé Graal, après avoir beaucoup défrayé la chronique, a rejoint son supérieur hiérarchique le commissaire principal Dieu, et les autres poulets de la Grande Maison du Père. Il en meurt tous les jours de vieillesse. La profession est tombée en discrédit.
Cependant, les gens qui cherchaient ce Graal,

nous voulons croire qu'ils n'étaient pas dupes. Comme leur DÉRIVE nous ressemble, il nous faut voir leurs promenades arbitraires, et leur passion sans fins dernières. Le maquillage religieux ne tient pas. Ces cavaliers d'un western mythique ont tout pour plaire : une grande faculté de s'égarer par jeu ; le voyage émerveillé ; l'amour de la vitesse ; une géographie relative.

La forme d'une table change plus vite que les motifs de boire. Celles dont nous usons ne sont pas souvent rondes ; mais les « châteaux aventureux », nous allons un jour en construire.

Le roman de la Quête du Graal préfigure par quelques côtés un comportement très moderne.

POTLATCH A-T-IL LE PUBLIC
LE PLUS INTELLIGENT DU MONDE ?

Rédacteur en chef : André-Frank Conord, 15 rue Duguay-Trouin, Paris 6e.

Bulletin d'information du groupe français de l'Internationale lettriste

potlatch

paraît tous les mardis   17 au 31 août 1954
9-10-11
numéro spécial des vacances

SORTIE DES ARTISTES

Un écho intitulé *« Quand la borne est passée, il n'est plus de limite »* a été retranché en dernière minute du numéro 8 de *Potlatch*. Il signalait la pauvreté d'un poème de Louis Aragon publié par *L'Humanité-Dimanche* à propos de l'armistice en Indochine («Partout cessez le feu Cessez le feu partout» en était le dernier vers; et pas le plus drôle). L'écho en question saluait en Louis Aragon un bon disciple du «réaliste socialiste Ponsard». D'autres considérations nous l'ont fait supprimer.
Certes Louis Aragon prête à rire. Mais nous n'acceptons pas de rire en mauvaise compagnie.
La théorie de l'art réaliste socialiste est évidemment stupide. Cependant si tel chromo produit en U.R.S.S. — ou à côté — peut amener une fraction peu évoluée du prolétariat à prendre conscience de quelques luttes à vivre, nous le tenons pour plus valable que telle apparence de recherche pour la cent millième fois abstraite,

non figurative ou «signifiante de l'informel» (IMBÉCILES!) qui accablent les galeries parisiennes et les salons de la bourgeoisie «new look».
La poésie française ne nous intéresse plus. Nous abandonnons la poésie française et les vins de Bourgogne et la tour Eiffel aux services officiels du Tourisme. Nous ne devons pas donner à penser que nous défendons cette poésie, alors que nous ne soutenons qu'une certaine forme de slogan politique, contre une autre («Mon parti m'a rendu les couleurs de la France...») qui serait d'un comique plaisant si l'on n'y découvrait pas d'abord le sabotage de l'esprit révolutionnaire des ouvriers français.

pour la rédaction :
M. DAHOU, G.-E. DEBORD, J. FILLON.
VÉRA.

NOS LECTEURS ONT RECTIFIÉ D'EUX-MÊMES...

A.-F. Conord, dont la maladresse du style ne parvenait pas à dissimuler l'indigence de la pensée, a été définitivement exclu le 29 août, sous l'accusation de néobouddhisme, évangélisme, spiritisme. Nous avisons nos correspondants de la nouvelle adresse de *Potlatch* :
Mohamed Dahou, 32, rue de la Montagne-Geneviève, Paris 5ᵉ.

La publication hebdomadaire de *Potlatch* reprendra à la fin de ce mois.
Le numéro 12 paraîtra le mardi 28 septembre.

DESTRUCTION D'UNE PERMANENCE LETTRISTE

« L'avant-garde est un métier dangereux. »

GIL J WOLMAN

Le dimanche 15 août à 22 heures 30 un autocar *vide* lancé à grande vitesse s'écrasait à l'intérieur du bar « Tonneau d'Or », au 32 rue de la Montagne-Geneviève, notoirement utilisé par l'Internationale lettriste. On relevait quatre blessés parmi les consommateurs. Par un heureux hasard, il n'y avait dans le bar aucun des lettristes qui devaient y stationner à l'heure de l'accident.

LA DÉRIVE AU KILOMÈTRE

Un article de Christian Hébert publié par *France-Observateur* dans son numéro du 19 août réclame une solution radicale aux difficultés du stationnement dans Paris : l'interdiction de toutes les voitures privées à l'intérieur de la ville, et leur

remplacement par un grand nombre de taxis à tarif modique.
Nous ne saurions trop applaudir à ce projet.
On connaît l'importance du taxi dans la distraction que nous appelons « dérive », et dont nous attendons les résultats éducatifs les plus probants. Le taxi seul permet une liberté extrême de trajets. Parcourant des distances variables en un temps donné, il aide au dépaysement automatique. Le taxi, interchangeable, n'attache pas le « voyageur », il peut être abandonné n'importe où, et pris au hasard. Le déplacement sans but, et modifié arbitrairement en cours de route, ne peut s'accommoder que du parcours, essentiellement fortuit, des taxis.
L'adoption des mesures proposées par M. Hébert aurait donc l'immense avantage — outre le règlement égalitaire d'un problème particulièrement irritant — de permettre à de larges couches de la population de s'affranchir des chemins forcés du « Métrobus » pour accéder à un mode de dérive jusqu'ici assez dispendieux.

MICHÈLE BERNSTEIN

VOUS PRENEZ LA PREMIÈRE RUE

J'ai marché sans me perdre. L'Avenue lutte à visage découvert au général Tripier (VIIe arrondissement).

Bonne-Nouvelle est aussi une impasse.
En attendant de reconstruire la ville à partir de la Zone orientale (Porte de Vanves) l'ordre change à l'approche de la dérive.
La rue du « Domestique en Jerricans prolongée » — anciennement rue des Cascades — s'annexe une partie de la rue « Où personne ne semblait le remarquer ni lui barrer le passage prolongée » — anciennement rue de Ménimontant — ainsi que toute la rue Oberkampf qui n'attendait que ça pour disparaître, et s'arrête rue « Tous ces charmes, Eugénie, que la nature a prodigués dans toi, tous ces appas dont elle t'embellit, il faut me les sacrifier à l'instant prolongée » — anciennement Boulevard des Filles-du-Calvaire.
On peut la retrouver plus TARD autour d'un épisode de la rue « Qui se permet de commencer n'importe où prolongée » — anciennement rue Racine — (à suivre).

GIL J. WOLMAN

LA MEILLEURE NOUVELLE
DU MOIS

« Stockholm, 23 août. — Des bagarres provoquées, selon la police, par des amateurs de sensations fortes, se sont produites hier, à Stockholm, près du parc Berzelli. Près de 3 000 personnes ont participé à cette *"émeute pour rire"*. On compte plusieurs blessés, dont trois policiers. Un homme, projeté à travers une vitrine, a eu une artère coupée et un policier la mâchoire fracturée. Trente-deux personnes ont été arrêtées. » (*Paris-Presse*, 24/8/54.)

PROCÈS-VERBAL

Le parti pris de silence des journaux à notre propos est largement compensé par une sorte de légende fâcheuse édifiée de bouche à oreille dans certains milieux.
Les témoignages qui nous parviennent périodiquement de différents secteurs du monde dit intellectuel font tous état de faux bruits périodiquement relancés avec la même conviction par les mêmes personnes : arbitraire intolérable d'un prétendu « comité directeur » qui exercerait un contrôle dictatorial sur la conduite des lettristes ; utilisation d'hommes de main et de tous les moyens de pression ; participation à divers trafics dont le mouvement pseudo-idéologique ne serait que la couverture ; voire même subventions de Moscou ou de Tel-Aviv, à votre bon cœur...
Aussi apparent que soit le ridicule de l'entreprise, il se bâtit une sorte de « cycle lettriste » quelque part entre les romans bretons, Fantômas et la rue Xavier-Privas.
À l'invention de ces anecdotes, qui peuvent nous discréditer plus facilement que le débat des idées,

certains exclus du groupe paraissent avoir consacré leur vie, et leurs capacités mythomaniaques. Tout cela n'est guère plus sérieux que la célèbre formule (de Mauriac, paraît-il) : « Il faut tuer les lettristes pendant qu'ils sont jeunes. »
Un autre idiot (Pierre Emmanuel) parlait bien, après la manifestation de Pâques 1950 à Notre-Dame d'« écraser les têtes des perturbateurs sur les marches du maître-autel ».
Cependant, la sottise d'une provocation ne saurait suffire à la faire longtemps tolérer.
Une récente réunion plénière a convenu de la nécessité de combattre ces rumeurs à leur source avec l'énergie désirable : « Il faut donner aux événements une tournure sérieuse qui force les plus incrédules à avoir peur. » (Rapport de Jacques Fillon.)
Un groupe spécial a été chargé de ce travail.

I. L.

Messages personnels :

Au pape. Les papiers sont en lieu sûr. Le festival peut attendre.

À la « jeune fille française ». Revenez avec l'herbe tendre.

À la nuit chez Vauban. Nous avançons. Toi, nuage, passe devant.

EN ATTENDANT LA FERMETURE DES ÉGLISES

Malgré ce calendrier de 1793 qui essayait d'imposer un autre cycle, le mot déplaisant de «saint» continue de salir les murs d'une multitude de rues parisiennes dont il commande l'appellation.
Depuis quelques mois, nous nous plaisons à mener campagne pour la suppression de ce vocable, dans la correspondance comme dans nos conversations.
Les noms des rues sont passagers. Qu'est-ce que l'avenir en gardera sinon peut-être, pour mémoire, l'Impasse de l'Enfant-Jésus? (15e arrondissement, métro Pasteur.)
L'administration des P.T.T. se soumet dès à présent au vœu de son public : les lettres parviennent boulevard Germain ou rue Honoré.
Nous invitons la partie saine de l'opinion à soutenir cette entreprise de salubrité publique.

LA PSYCHOGÉOGRAPHIE ET LA POLITIQUE

«J'ai découvert que la Chine et l'Espagne ne sont qu'une seule et même terre, et que c'est seulement par ignorance qu'on les considère comme des États différents.»

NICOLAS GOGOL

LE PEUPLE SOUVERAIN

Les magazines de nos « démocraties » font une grande consommation de familles royales.
Leur tirage perdrait beaucoup à l'avènement d'une République anglaise — nous étions quelques-uns à l'acclamer un jour que la télévision avait amassé sur les trottoirs les idiots fervents de Couronnements. Et même avec le plat de résistance inusable qu'est la reine d'Angleterre, l'œuvre d'abrutissement doit trouver de temps en temps une variante : une tournée de rois migrateurs, détrônés ou presque, se fait applaudir autour de la Méditerranée, de Marseille à Chypre — par les monts Grammos peut-être ?
Mais alors que le récit des débauches (bien minimes, bien minimes...) de la princesse Margaret commence à ennuyer nos concierges, et comme il se confirme que le même public n'a jamais porté un grand intérêt aux complexes du déplorable Baudouin de Belgique, on découvre à nos portes une famille royale, ou tout comme. Un individu, revenu de loin grâce à l'intempestive abrogation de la loi d'exil, et connu sous le nom de Comte de Paris, se fait complaisamment photographier entouré de sa nombreuse descendance. Par bonheur, la laideur se vend mal : sur huit ou neuf princesses livrées à l'admiration de leur bon peuple, pas une n'est jolie, ou même simplement

désirable. (Il faut en excepter une assez petite, onze ou douze ans ; mais sait-on ce que ça donnera bientôt ?)
Tout de même, un Comte de Paris en grande banlieue, cela vous recrée joliment la belle époque du fief, de l'hommage, du servage et du gibet.
Rappeler sa suzeraineté débonnaire, c'est une délicate attention envers les quelques millions d'habitants de cette capitale qui a porté au pouvoir la Convention, et la Commune.
Les débris des classes condamnées s'unissent. Tout un courant d'opinion se crée en faveur de ce roi bourgeois intelligent, de ce roi à la Mendès France…
Nous savons que partout où la réaction, depuis quarante ans, a triomphé, elle l'a fait par le détournement ou la parodie d'une idéologie révolutionnaire, ou du moins sociale.
Ce processus constant renforce la certitude de voir cette idéologie parvenir à ses vraies fins.

ARIANE EN CHÔMAGE

On peut découvrir d'un seul coup d'œil l'ordonnance cartésienne du prétendu « labyrinthe » du Jardin des Plantes et l'inscription qui l'annonce : LES JEUX SONT INTERDITS DANS LE LABYRINTHE. On ne saurait trouver un résumé plus clair de l'esprit de toute une civilisation. Celle-là même que nous finirons par abattre.

EXEMPLE À SUIVRE
SUR LA PLACE DE LA NATION

*Extraits d'une lettre de Bolivie,
publiée dans* Quatrième Internationale

« Ce deuxième anniversaire de la révolution du 9 avril a été célébré dans des conditions très particulières : les masses étant résolues à avancer sur le chemin de la révolution, et le gouvernement, porté au pouvoir par ces masses, ayant déjà parcouru une bonne distance sur le chemin de la capitulation devant l'impérialisme…
À l'avant du défilé viennent les mineurs avec leur équipement de travail, portant des fusils, des cartouches de dynamite, des mitrailleuses légères et demi-lourdes et déchargeant leurs armes en l'air : tra-ta-ta-ta, les mitrailleuses. C'est un geste de joie, mais beaucoup plus de combat…
Viennent maintenant les pétroliers : camions munis de fusils et de mitrailleuses lourdes. Des Jeeps avec des grappes d'ouvriers fusil sur l'épaule et avec, sur le capot du moteur, une mitrailleuse lourde.
Vient ensuite la masse sans fin des paysans, révélant une extraordinaire pauvreté, mais un esprit très élevé…
Les paysans ne portent pas — comme le font

généralement les ouvriers — le fusil en bandoulière, mais en demi-position de feu et le doigt sur la gâchette... »

Rédacteur en chef : M. Dahou, 32 rue de la Montagne-Geneviève, Paris 5ᵉ.

Bulletin d'information du groupe français de l'Internationale lettriste

potlatch

mensuel 28 septembre 1954

12

LES COLONIES
LES PLUS SOLIDES...

« D'après les nouvelles qui nous ont été données, il s'agit d'une secousse du huitième degré, qualifié de ruineux, ou même du neuvième degré, qualifié de désastreux. On assiste, dans ce cas, à une destruction partielle ou totale des édifices les plus solides... » (les journaux, le 10 septembre).

Orléansville, centre du Groupe algérien de l'I.L., « la ville la plus lettriste du monde » selon son slogan que justifiait l'appui apporté à notre programme par une fraction évoluée de sa population algérienne, a été rayée de la carte par le séisme du 9 septembre, et les secousses des jours suivants.

Parmi les treize cents morts et les milliers de blessés, nous déplorons la perte de la majeure partie du Groupe algérien. Mohamed Dahou, envoyé sur place, n'a pu encore nous faire parvenir le

chiffre exact, en raison de la dispersion des habitants.
Les « Actualités françaises », plus en verve que jamais, ont célébré l'événement par un petit film qui montre uniquement des Européens, leurs cercueils, leurs crucifix, leurs prêtres, leurs évêques — burlesque tendant à faire voir que l'Algérie est dans son ensemble une région de peuplement français, de religion catholique, et de niveau de vie élevé quand la terre n'y tremble pas.
En revanche, *Le Monde* du 19 septembre faisait état de l'action d'« agitateurs » indéfinis, parmi les indigènes restés dans Orléansville, qui est occupée militairement.
La question de la reconstruction d'Orléansville pose en effet des problèmes très graves.
Quelle que soit l'hostilité du groupe lettriste algérien, et des éléments qu'il influence, envers l'édification de blocs d'habitations-casernes vaguement néo-corbusier, il est évident qu'au stade actuel de notre action une critique sérieuse de cette forme particulièrement *désastreuse* d'architecture en peut être maintenue, alors que quarante mille personnes attendent de l'Administration un abri quelconque.
Mais il convient de combattre résolument le projet officiel de reconstruction des logements indigènes *en dehors* de la ville, sur l'emplacement déblayé de laquelle s'élèverait plus tard une nouvelle cité exclusivement européenne.
Le Groupe algérien dénoncera constamment cette discrimination, et provoquera contre le ghetto prémédité une opposition unanime.

« LES YEUX FERMÉS, J'ACHÈTE TOUT AU PRINTEMPS »

Il y a aujourd'hui quatre-vingt-dix ans, le 28 septembre 1864, l'Association Internationale des Travailleurs se réunissait pour la première fois.

LA JEUNESSE POURRIE

Pierre-Joël Berlé qui, le 23 août dernier, à l'issue d'une beuverie dans un appartement de la rue Dauphine, assomma un de ses compagnons à coups de bouteille n'appartenait plus à l'Internationale lettriste depuis la série d'exclusions de septembre 1953 (élimination d'éléments à tendances fascistes, ou simplement crapuleuses). Cependant le prêche publié comme d'habitude par *L'Aurore* («Tous ces ratés et ces incapables ne peuvent vivre que des libéralités de leurs proches», etc.) ne saurait détourner notre attention des vrais responsables, de ceux qui maintiennent la vie sociale dans la pauvreté dont de tels faits divers témoignent : entre pas mal d'autres, les valets de *L'Aurore* (tous ces ratés et ces incapables ne peuvent vivre que des libéralités de Boussac...).
Nous tenons pour également méprisables les

valeurs bourgeoises d'exploitation, dont *L'Aurore* représente la plus intransigeante défense, et la vulgarité d'une jeunesse inconsciente — inconsciente au point même d'ignorer cette exploitation, et le mince champ libre qu'elle laisse aux débauches *désargentées*.

> *Ce numéro de* Potlatch *a été rédigé par :*
> MICHÈLE BERNSTEIN, G.-E. DEBORD,
> JACQUES FILLON, VÉRA, GIL J WOLMAN.

SÉISMES ET SISMOGRAPHES

Toutes les ressources de l'Internationale lettriste étant employées à secourir nos camarades algériens, *Potlatch* ne paraîtra qu'une fois par mois, pendant une durée indéterminée. Par contre notre tirage sera maintenu à son chiffre actuel, en y incluant les nouvelles adresses reçues, principalement de l'étranger, depuis le dernier numéro. Nos abonnés d'Orléansville devront s'adresser à Mohamed Dahou, au nouveau siège du Groupe Algérien de l'I.L. qui se chargera de transmettre ce bulletin d'information aux survivants.

Monsieur André-Frank Conord, 15 rue Duguay-Trouin, Paris — exclu le 29 août dernier, nous a fait parvenir son autocritique, en vue de publication : « Étant naturellement impur, j'ai eu la malhonnêteté de m'introduire dans l'Internationale lettriste. M'en sentant absolument indigne, j'ai accepté d'assumer les fonctions de rédacteur en chef de *Potlatch*. J'ai cherché à me concilier l'amitié de gens plus propres que moi, et n'en ai espéré qu'une vaine gloire. Me sentant incapable, enfin, de ne pas démériter de la tâche qui m'était confiée, j'entrepris de détourner l'Internationale vers des buts moindres, buts qui ne doivent à aucun prix, je le reconnais aujourd'hui, devenir les siens.

Je sais bien maintenant — grâce à l'expérience lettriste dont j'ai malgré tout tiré quelque enseignement —, que c'est sur cette terre que se déroule notre vie. C'est ici qu'il faut construire, aimer, vivre. Mais l'aventure spirituelle, facile et vaine, m'a toujours tenté, par sa facilité et sa vanité mêmes. L'immobilité des idoles m'attire, ainsi que le rêve béat du rêveur solitaire. J'ai donc essayé, pour ces raisons de confort odieusement personnelles, de convaincre quelques lettristes de poursuivre le même but que moi. Mon incapacité à la propreté, mon égoïsme, ma vanité sont par là même devenus rapidement évidents.

Pour les raisons exprimées ci-dessus, je ne peux donc que reconnaître juste la sentence qui m'a frappé. Je n'ai qu'un seul regret : que les inintelligentes lois de ce pays l'aient empêchée d'être plus sévère. J'ai heureusement la certitude que l'I.L. les changera rapidement. »

A.-F. CONORD

AU GRAND SOIR

Le 25 septembre 1951, Gil J Wolman achevait son film *L'Anticoncept,* qui demeure interdit par la Censure française.

PAIX *AND* LIBERTÉ

Ni de votre paix. Ni de votre liberté.
La guerre civile. La dictature du prolétariat.

Le cinquième numéro de la revue *Internationale Lettriste* sera publié à Paris au mois de janvier 1955.

Rédacteur en chef : M. Dahou, 32, rue de la Montagne-Geneviève, Paris 5ᵉ.

Bulletin d'information du groupe français de l'Internationale lettriste

potlatch

mensuel 23 octobre 1954

13

LE « RÉSEAU BRETON » ET LA CHASSE AUX ROUGES

Breton et ses pauvres amis ont répondu à notre mise au point du 7 octobre, en révélant l'« obédience moscoutaire » de l'Internationale lettriste. C'est du moins ce que nous apprend un écho paru dans *Le Figaro Littéraire* du 22 octobre, car les mêmes gens, trop lâches pour manifester à Charleville, ont été trop lâches pour nous communiquer un tract publié contre nous.

En négligeant le sentiment du dégoût inspiré par les six individus (nommés Bédouin, Goldfayn, Hantaï, Legrand, Schuster, Toyen) qui, étant présents à la discussion du 3 octobre, connaissaient notre position réelle, nous ne pouvons que rire de cette colère sénile. Et de cette prudence.

À propos de notre éventuelle appartenance à quelque N.K.V.D. nous tenons pour déshonorante toute dénégation face à des inquisiteurs bourgeois comme André Breton et Joseph MacCarthy. Au reste, il est vrai qu'en des circonstances qui commandent le choix nous nous trouverions naturellement aux côtés de ces «moscoutaires» contre leurs maîtres et les singes de leurs maîtres.

INTERNATIONALE LETTRISTE

Petite annonce

Breton, jeunes compagnons de Breton, faites un bon mouvement — un beau geste : envoyez-nous un exemplaire du tract où vous nous insultez. N'ayez pas peur. On ne vous battra pas. C'est seulement pour rire. Nous aimons bien votre style.

ÉDUCATION EUROPÉENNE

À l'issue des conversations engagées récemment à Paris, un Groupe Suisse de l'Internationale lettriste a été formé le 20 octobre.
Adresse : Charles-Émile Mérinat, Floréal 3. Lausanne (Vaud) Suisse.

Lettre au Rédacteur en Chef de *Combat*

Monsieur,

Mis en cause par l'article intitulé «Le centenaire de Charleville» (*Combat* du 21 octobre) nous vous communiquons les précisions suivantes :
Il n'y a pas eu de «différends» entre surréalistes

et lettristes à propos du scandale de Charleville. Simplement une défection tardive de l'ensemble des surréalistes, et le reniement par certains d'entre eux de leur signature donnée auparavant à un texte, marxiste en effet.

Nous ne souhaitons pas tenir le rôle d'amuseur dans les solennités, littéraires ou autres, de ce régime. Le Surréalisme, précisément, n'a que trop exploité cette veine. Nous ne goûtons plus guère les charmes du tapage inoffensif. Dans cette mesure, il faut en convenir, nous avons « oublié Rimbaud ».

« Crier haut, hurler, tempêter », comme le conseille l'auteur de cet article aux « trouble-fête s'admirant trop » que nous sommes, nous en savons l'aimable inefficacité.

La fête continue, et nous sommes sûrs de participer quelque jour à sa plus sérieuse interruption.
Le 21 octobre 1954

pour l'Internationale lettriste :
DEBORD, WOLMAN.

FLIC ET CURE
SANS RIDEAU DE FER

Chaplin, en qui nous dénoncions dès la sortie tapageuse de *Limelight* « l'escroc aux sentiments, le maître chanteur de la souffrance », continue ses bonnes œuvres. On ne s'étonne pas de le voir tomber dans les bras du répugnant abbé Pierre

pour lui transmettre l'argent « progressiste » du Prix de la Paix.
Pour tout ce monde le travail est le même : détourner ou endormir les plus pressantes revendications des masses.
La misère entretenue assure ainsi la publicité de toutes les marques : la Chaplin's Metro-Paramount y gagne, et les Bons du Vatican.

L'AVENIR D'UNE ILLUSION

Mademoiselle Françoise Sagan, envoyée en Italie par le magazine *Elle*, écrivait dans sa dissertation du 11 octobre sur Venise :
« On peut alors s'expliquer Venise comme une phtisique ivre de son dernier souffle, de son corps condamné, se jetant à la tête de ses touristes comme à celle de ses amoureux. Explication un peu morbide, il faut bien le dire, mais assez profitable, car échappant au passé du Guide Bleu et au présent des visiteurs, on a recours alors à un futur surréaliste et poétique. »
Ainsi les surréalistes rencontrent la consécration qu'ils méritent, auprès de la petite classe littéraire de la petite bourgeoisie.

APRÈS LE SÉISME

À Orléansville où les inégalités scandaleuses dans la distribution des secours menaçaient de soulever la population indigène, le sous-préfet, M. Debia, qui avait osé défendre les droits de ses administrés algériens, fut rappelé en France; et la ville tenue par les C.R.S.
Le Groupe algérien de l'Internationale lettriste, moins décimé que les premières nouvelles ne nous l'avaient appris, était en majeure partie dispersé. Les lettristes restés sur place, renforcés d'éléments venus de Paris, menèrent avec assez de succès une très violente agitation.
Au contraire le parti à prétention révolutionnaire d'Algérie, le M.T.L.D. qui avait déjà laissé sans aide les mouvements des peuples tunisien et marocain, n'a rien fait pour utiliser une situation extrêmement favorable.

Ce numéro de Potlatch *a été rédigé par :*
BERNSTEIN, DAHOU, DEBORD, FILLON, VÉRA, WOLMAN.

Des amis vietnamiens nous prient de communiquer à nos lecteurs le texte suivant :

LA MARABOUNTA GRONDE À SAÏGON

Ordre dans le Nord sans dictature. Désordre dans le Sud soumis à la police d'un général à six galons, gérant de boîte de nuit. L'armée «nationale» bouge. La Marabounta gronde. Elle n'a plus d'occasion de montrer son héroïsme. Elle est mécontente. Cependant M. Ngo Dinh Diem est partisan de la guerre jusqu'au bout. C'est à n'y rien comprendre. La confusion appelle la confusion. Des généraux de l'armée française — Xuan et Hinh — exigent le partage du pouvoir. Neguib et Nasser sont-ils naturalisés anglais? On demande un peu de logique.

Devant tant d'agitation, les élites vietnamiennes en exil — qui se désolidarisent formellement d'avec les quelques ambitieux rats de laboratoire et mathématiciens bornés en mal de pouvoir — n'ont qu'une consolation : savoir qu'il existe un homme du Sud assez clairvoyant pour aller à Genève, le 14 juillet, dire à Pham Van Dong : «Ne vous rendez pas responsable de la prolongation de la guerre. Le peuple vietnamien ne vous le pardonnerait pas...» Et publiquement cet homme déclarait en juillet qu'un gouvernement de coalition avec le Nord est le secret du salut du Vietnam. Cet homme est à Paris. C'est Tran Van Hun... Le seul capable de faire avec Ho Chi Minh l'unité du Vietnam et la vraie paix. C'est pour cela que Bao Dai lui préfère les fourmis de la Marabounta.

DO DUC HO

Rédacteur en chef : M. Dahou, 32 rue de la Montagne-Geneviève, Paris 5ᵉ.

Bulletin d'information du groupe français de l'Internationale lettriste

potlatch

mensuel 30 novembre 1954

14

LA LIGNE GÉNÉRALE

L'Internationale lettriste se propose d'établir une structure passionnante de la vie. Nous expérimentons des comportements, des formes de décoration, d'architecture, d'urbanisme et de communication propres à provoquer des *situations* attirantes.

C'est le sujet d'une querelle permanente entre nous et beaucoup d'autres, finalement négligeables parce que nous connaissons bien leur mécanisme, et son usure.

Le rôle d'opposition idéologique que nous tenons est nécessairement produit par les conditions historiques. Il nous appartient seulement d'en tirer un parti plus ou moins lucide, et d'en savoir, au stade actuel, les obligations et les limites.

Dans leur développement final, les constructions

collectives qui nous plaisent ne sont possibles qu'après la disparition de la société bourgeoise, de sa distribution des produits, de ses valeurs morales.
Nous contribuerons à la ruine de cette société bourgeoise en poursuivant la critique et la subversion complète de son idée des plaisirs, comme en apportant d'utiles slogans à l'action révolutionnaire des masses.

>*pour Potlatch :*
>MICHÈLE BERNSTEIN, M. DAHOU, VÉRA, GIL J WOLMAN.

Petit hommage au mode de vie américain

QUI EST POTLATCH ?

1. Un espion soviétique, principal complice des Rosenberg, découvert en 1952 par le F.B.I. ?

2. Une pratique du cadeau somptuaire, appelant d'autres cadeaux en retour, qui aurait été le fondement d'une économie de l'Amérique précolombienne ?

3. Un vocable vide de sens inventé par les lettristes pour nommer une de leurs publications ?
(réponses dans le numéro 15)

Le 29 novembre, quelques-uns de nos gens, ayant enfin saisi sur la voie publique des signataires du tract que

M. André Breton nous avait consacré au début d'octobre, ont pris possession de ce tract.
Nous livrons à nos lecteurs le texte intégral du libelle surréaliste dont la principale originalité polémique est d'avoir été diffusé sous le manteau, M. Breton et ses amis s'étant imprudemment engagés à nous empêcher, quoi qu'il arrive, d'en connaître la teneur :

titre : Familiers du Grand Truc

« Pour qu'une action commune puisse être menée, il est nécessaire que les partenaires soient animés des mêmes intentions et que l'un n'ait pas de motif valable de mépriser l'autre. Nous avions été conduits, non sans hésitations, à envisager, d'accord avec l'Internationale (!?) lettriste une entreprise dans le cadre de la célébration du centenaire de Rimbaud. Le premier acte devait être la déclaration imprimée au recto de cette feuille.
Cette mise au point venait à peine de paraître lorsque nous avons reçu le n° 12 de *Potlatch*, organe des lettristes, daté du 28 septembre 1954, où l'on peut lire :

[À cette place, citation de l'autocritique de A.-F. Conord effectivement publiée dans le n° 12.]

« Nous ne nous chargerons pas de décider qui, de l'auteur de cette lettre ou de ceux qui ont consenti à la publier, se révèle le plus méprisable. Ils suscitent également la nausée. Qu'ils répudient leurs engagements quelques jours plus tard montre d'abord que le sort fait à Rimbaud compte beaucoup moins pour eux que leur propre publicité,

quelque indignes que soient les moyens employés. La fin, pour eux, les justifie. S'ils falsifient ensuite des propos divers, nul ne s'en étonnera. Ils en font autant avec Lénine dont ils déforment le témoignage[1], prouvant ainsi jusqu'à l'évidence qu'ils sont dépourvus du sens le plus élémentaire de la loyauté envers les idées, qui était précisément la qualité dominante du grand révolutionnaire russe et demeure celle de tout révolutionnaire authentique. Cette loyauté absente, rien ne subsiste sauf un détritus stalinien. D'instinct, les gens du Carrefour Châteaudun reconnaîtront en eux des individus offrant leurs services. Nous nous permettons cependant, pour le cas où le Comité Central, tout à ses tâches quotidiennes, n'aurait pas eu le loisir de se pencher sur leur cas, de recommander chaleureusement à sa bienveillante attention ces apprentis si bien doués pour des rôles de témoins dans de futurs procès du style mis au point une fois pour toutes à Moscou.
Une carrière à la mesure de leurs moyens s'ouvre devant eux. Bonne chance ! »

Signatures : Bédouin, Benayoun, Breton, Dax, Flamand, Goldfayn, Hantaï, Lebreton, Legrand, Mitrani, Oppenheim, Paalen, Péret, Pierre, Reigl, Schuster, Seghers, Toyen, Valorbe.

1. *Note de M. Breton :*
« Dans un projet de déclaration commune, les lettristes avaient fait figurer, sans le donner pour tel, un texte altéré de Lénine : "Dans une société fondée sur la lutte des classes, il ne saurait y avoir

d'histoire littéraire impartiale." Ils n'ont fait aucune difficulté à reconnaître qu'ils avaient remplacé le mot de *science* du texte original (?) par *histoire littéraire* et, emportés par ce bel élan, se citent eux-mêmes dans un récent factum en remplaçant à son tour *histoire littéraire* par *critique littéraire* : où sont les faussaires ? »

Nous nous contentons aujourd'hui de rendre publiques les dénonciations de M. Breton, et d'envoyer nos camarades relire la collection complète de La Révolution Surréaliste *qui, vers la fin du premier quart de ce siècle, fut une entreprise intelligente, et honorable.*

À LA RÉDACTION DE POTLATCH : On peut consulter la collection complète de *Potlatch* au 32 de la rue Montagne-Geneviève. Les visiteurs sont priés de s'adresser sans crainte à notre ami Charles Guglielmetti, qui n'a pas été défiguré par quelque rasoir lettriste, comme le bruit en court, mais simplement par l'autocar inopinément surgi à cette adresse le 15 août dernier.

GÉOGRAPHIE GÉNÉRALE

L'Internationale lettriste présentera au printemps prochain deux expositions de :

PROPAGANDE MÉTAGRAPHIQUE

du 9 au 21 avril 1955 à Liège, Galerie de la Boutique, 6 rue Tête-de-Bœuf du 25 avril au 6 mai 1955 à Bruxelles, Galerie Dutilleul, 6 rue de l'Escalier.

RÉSUMÉ 1954

Les grandes villes sont favorables à la distraction que nous appelons *dérive*. La *dérive* est une technique du déplacement sans but. Elle se fonde sur l'influence du décor.

Toutes les maisons sont belles. L'architecture doit devenir *passionnante*. Nous ne saurions prendre en considération des entreprises de construction plus restreintes.
Le nouvel urbanisme est inséparable de bouleversements économiques et sociaux heureusement inévitables. Il est permis de penser que les revendications révolutionnaires d'une époque sont fonction de l'idée que cette époque se fait du bonheur. La mise en valeur des *loisirs* n'est donc pas une plaisanterie.

Nous rappelons qu'il s'agit d'inventer des jeux nouveaux.

G.-E. DEBORD, JACQUES FILLON

Rédacteur en chef : M. Dahou, 32 rue de la Montagne-Geneviève, Paris 5e.

Bulletin d'information du groupe français de l'Internationale lettriste

potlatch

mensuel 22 décembre 1954

15

LA FLEUR DE L'ÂGE

Commencée sous le règne du maréchal Pétain, la vogue de la jeunesse en France va croissant. Une étonnante surenchère semble faire de l'âge, quand il est tendre, une référence pour les carrières de l'intelligence monnayée. C'est que les possédants des vieilles valeurs ne savent comment assurer la relève : les surréalistes, les prêtres, les romanciers d'avenir manquent.

Les jeunes postulants sont donc bien reçus. À la rédaction de *Combat* ou du *Figaro* ils ont leur chance et leur rubrique. Un marchand de tableaux tel que Charpentier leur consacre une exposition — sans se référer à la moindre ligne picturale. Le terme « jeune » est cependant requis pour la publicité. Il suffit à l'intérêt, du moins, il supplée.

Tout ce qui se présente est d'ailleurs d'une médiocrité parfaite. Les jeunes, conscients du bifteck offert, ne livrent que la marchandise demandée. Plus abstraits que les maîtres de l'abstrait, surréalistes-médiums sous la livrée de Dédé-les-Amourettes, aragonisant avec le C.N.E.; ils trottent sans broncher dans les sentiers rebattus et apportent périodiquement le dessin ou la copie d'usage. Le roman psychologique a sa benjamine, les naïfs ont leurs bons élèves. L'ingratitude n'est pas à craindre : comme audaces ils ont conquis l'argot et le jazz.

Des « revues de jeunes » paraissent pour défendre les valeurs révoltées de l'adolescence et de l'impuberté. Les plus honnêtes glosent autour du Grand Meaulnes. Mais quoiqu'une certaine gauche se porte encore assez bien (Mendès-France, nous voilà), les journaux à tendance fasciste passive, dans l'attente d'un maître, sont les plus vivaces et les mieux rémunérés.

Le théâtre en rond tourne bien. Un Kafkadamov, un Ionesco-le-Momo traduisent et mettent en scène.

Heureusement la poésie, si l'on excepte son dépassement dans les sonnets des *Lettres Françaises*, s'est tue après les provocations de la poésie onomatopéique. De même, dans le Cinéma, la lèpre de l'avant-garde a été gommée par les manifestations extrêmes des lettristes. Mais partout ailleurs, la foire continue, les médailles tombent. D'aussi misérables résultats sont obligatoires. La jeunesse, qui n'a jamais représenté une force que pour la formation de milices fascistes, ne saurait rien apporter aux cadres et aux formes fixes qu'on lui demande de ravauder. En vain des jeunes gens, bulletin de naissance à la main, viennent

donner leur caution aux dix-millième sous-produit de James Joyce ou à la révolution radicale-socialiste : les domaines sont épuisés, le régime aussi.
Les seules réponses sérieuses, à tout âge, se fondent sur quelques systèmes connus, mais qu'il ne saurait être question d'admettre dans le débat, puisqu'ils en signifient la fin inexorable. À ces réponses sérieuses nous apportons notre part, et notre appui.

MICHÈLE BERNSTEIN

QUI EST POTLATCH ? *(réponses)*

Les opinions les plus répandues sont exprimées par le troisième cas : *vocable vide de sens* (*Franc-Tireur*, Camus, etc.) et le premier cas : *espion soviétique* (*Aspects de la France*, Breton, G. Mollet, etc.). Cependant quelques personnes parmi nos correspondants soutiennent hardiment la deuxième éventualité : *cadeau somptuaire*.
Il est donc inutile de s'attarder sur ce problème, aussi embrouillé que tous les problèmes que cette société feint de se poser. Et sur une solution aussi aveuglante que toutes les autres.

UNE ARCHITECTURE DE LA VIE

Nous publions aujourd'hui quelques extraits du livre d'Asger Jorn Image et Forme *sur l'architecture et son avenir, problème que nous n'avons cessé de soulever ici. (Voir notamment* PROCHAINE PLANÈTE *dans le numéro 4 de* Potlatch *et* LES GRATTE-CIEL PAR LA RACINE *dans le numéro 5.)*
Nous avons traduit la récente édition italienne qu'Asger Jorn nous a fait parvenir.
Elle est elle-même traduite du danois.

Utilité et fonction resteront toujours le point de départ de toute critique formelle ; il s'agit seulement de transformer le programme du Fonctionnalisme.

... Les fonctionnalistes ignorent la fonction psychologique de l'ambiance... l'aspect des constructions et des objets qui nous environnent et que nous utilisons a une fonction indépendante de leur usage pratique.

... Les rationalistes fonctionnalistes, en raison de leurs idées de standardisation, se sont imaginé que l'on pouvait arriver aux formes définitives, idéales, des différents objets intéressant l'homme. L'évolution d'aujourd'hui montre que cette conception statique est erronée. On doit parvenir à une conception dynamique des formes, on doit regarder en face cette vérité que toute forme humaine se trouve en état de transformation continuelle. On ne doit pas, comme les rationalistes, éviter cette transformation ; la faillite des rationalistes, c'est de n'avoir pas compris que la

seule façon d'éviter l'anarchie du changement consiste à prendre conscience des Lois par lesquelles la transformation s'opère, et à s'en servir.
… Il est important de comprendre que tel conservatisme des formes est purement illogique parce qu'il n'est pas causé par le fait que l'on ne connaît pas la forme définitive et idéale de l'objet, mais bien par le fait que l'homme s'inquiète s'il ne trouve pas une part de « déjà vu » dans le phénomène inconnu… Le radicalisme des formes est causé par le fait que les gens s'attristent s'ils ne trouvent pas dans le connu quelque chose d'inusité. On peut trouver ce radicalisme illogique, comme font les tenants de la standardisation, mais on ne doit pas oublier que la seule voie vers la découverte est donnée par ce besoin de l'homme.
… L'architecture est toujours l'ultime réalisation d'une évolution mentale et artistique ; elle est la matérialisation d'un stade économique. L'architecture est le dernier point de réalisation de toute tentative artistique parce que créer une architecture signifie construire une ambiance et fixer un mode de vie.

ASGER JORN

ÉCONOMIQUEMENT FAIBLE

Isou, qui depuis son exclusion tire sa subsistance d'une pornographie malhabile (NOTRE MÉTIER D'AMANT, à France-Diffusion, 12 rue Yves-Toudic,

Paris 10ᵉ — catalogues spéciaux contre 4 timbres de 15 francs, si l'on en croit sa publicité), vient de nous consacrer dans une sorte de revue qui se vend aux terrasses des cafés un article très long, et amusant par endroits, intitulé « Le néo-lettrisme ». Ce petit pamphlet nous accuse principalement d'être des fainéants, « de gagner plus d'argent » que lui — contrairement à beaucoup de nos détracteurs, Isou ne nous révèle pas par quels moyens —, d'être des amis de M. André Breton, de lui avoir ôté son lettrisme de la bouche, d'écrire rarement et brièvement, d'être communistes, de beaucoup d'autres choses encore.

La sénilité précoce éclate dans deux phrases : « *J'ai réussi à former quelques demi-dieux,* avoue notre clown. *Certains d'entre eux s'agitent médiocrement ou dangereusement pour eux-mêmes ou pour les autres. Je travaille pour devenir un dieu capable de former des dieux avec qui je ne me disputerai plus.* »

Le pauvre gamin attardé n'aura effectivement plus l'occasion de se disputer avec des méchants petits camarades de notre genre :

Il en est tombé au niveau du journal *Enjeu*, adresse : 22 rue Léon-Jost, Paris 17ᵉ.

GUY-ERNEST DEBORD

LA MEILLEURE
DES PROPAGANDES

Fidèles à notre habitude de porter directement à la connaissance du public les sottises que l'on imprime à notre propos, nous diffuserons nous-mêmes, au début de janvier, quelques exemplaires du journal *Enjeu*, dont le texte intégral permettra à nos correspondants de situer l'actuel Isou dans sa juste perspective.

L'HIVER EN SUISSE

Les lettristes suisses qui s'étaient manifestés en octobre et novembre dans leur pays doivent être considérés comme de purs et simples provocateurs. Notre rupture avec eux a fait l'objet d'une note en date du 7 décembre diffusée à l'intérieur de l'Internationale lettriste, et auprès de quelques amis étrangers. Nous rappelons à ce propos que le recours à des violences personnelles est imbécile, et que nous ne doutons pas d'un règlement plus général des conflits où nous nous trouvons impliqués.

En raison de l'augmentation constante des lecteurs de **Potlatch** *ce bulletin, à partir de son numéro 16, ne sera* *plus envoyé à un certain nombre de personnes et de journaux de peu d'intérêt qui le recevaient jusqu'à ce jour.*

PERSPECTIVES DES ACCORDS DE LONDRES ET DE PARIS

Sous la poussée des intérêts capitalistes précis dont il est le porte-parole, M. Mendès-France s'est avisé qu'une Allemagne réarmée, non seulement, s'imposait, mais qu'il fallait lui assurer de réelles possibilités d'existence. Élaborés en fonction d'un réarmement admis par tout le monde et poursuivis ouvertement par un petit nombre de personnalités plus ou moins militaires, les accords de Londres et de Paris allient les vues économiques les plus larges aux plans de conquête les moins couverts.

En premier lieu, leur objectif est de rendre impossible tout dialogue authentique avec l'Est. Dans ce but, M. Mendès-France s'est prémuni à l'aide de la promesse jésuitique qu'il fit récemment à l'O.N.U. de discuter « après » la ratification des accords. En fait, la ratification enlèverait toute chance de parvenir — à travers une discussion loyale sur le problème allemand — à un accord durable avec l'U.R.S.S. La menace de l'U.R.S.S. de rompre son pacte d'amitié avec la France, en cas de ratification de ces accords, a déjà permis de mettre en lumière une aimable contradiction de la politique occidentale. Quand les autorités diplomatiques françaises, il n'y a guère encore, protestaient de la parfaite compatibilité de ces accords et du traité d'alliance, signé à Moscou en 1944 par le général de Gaulle, la presse n'a pas manqué de souligner le caractère formel de pareille menace, étant donné que ce pacte avait depuis longtemps une fonction purement symbolique...

Est-ce aussi par hasard qu'au moment où ces accords vont être soumis à la ratification il n'est question, aussi bien en Allemagne qu'en France, que de mesures qui constituent de flagrantes violations des libertés démocratiques ?

En Allemagne, la menace d'interdiction qui pèse sur le parti communiste signifie à brève échéance l'interdiction pure et simple de tout mouvement antimilitariste, une restriction apportée à l'activité des syndicats et des organisations de la classe ouvrière.

En France, le développement en marge de la fameuse «affaire des fuites» — et dont Gilles Martinet et le journal *France-Observateur* sont les premières victimes — marque assez bien le courant nouveau qui s'installe dans les pratiques gouvernementales des hommes qui soutiennent ces accords. Comme l'écrit le même *France-Observateur* (9 décembre 1954) : «L'application du maccarthysme dans les mœurs européennes, la limitation de nos libertés individuelles sont liées au réarmement de l'Allemagne.»

Sur un plan plus intimement lié au déroulement du processus historique, les accords de Londres et de Paris comportent des conséquences aussi graves, quoique encore voilées. Il est hors de doute que le marchandage dont la Sarre fait l'objet entre Bonn et Paris masque assez mal l'évident désir des capitalistes français d'obtenir des compensations importantes en Europe à la suite du cuisant échec indochinois. En ce sens, il n'est pas impossible que des promesses aient été faites aux capitalistes allemands pour les inciter à accepter ces concessions, au prix d'une plus grande participation à la mise en exploitation des territoires d'outre-mer encore sous la dépendance de la France, et notamment de l'Afrique du Nord. Cette éventualité signifierait, en clair, un renforcement du système d'exploitation capitaliste dans ces pays déjà particulièrement éprouvés par la misère, l'incurie et la répression.

Contre la politique jésuitique de la discussion avec l'U.R.S.S. après la ratification, contre les atteintes à la liberté — déjà manifestes — que le réarmement de l'Allemagne entraîne aussi bien en France que dans ce pays, contre l'alliance des capitalismes allemand et français, il faut s'opposer à toute ratification ou application des accords de Londres et de Paris.

L. RANKINE

La rédaction de Potlatch *s'associe aux protestations publiées contre la stupéfiante inculpation de M. Gilles Martinet, impliqué contre toute vraisemblance dans une affaire d'espionnage américain en France.*

À propos de l'interdiction à la R.T.F. d'une chanson « pacifiste » sur l'intervention d'un Paul Faber, actuel conseiller municipal de la Ville de Paris, ancien combattant.

Cette anecdote illustre parfaitement une sorte de personnage ignoble qui ose encore brandir à la tête des gens le titre d'Ancien Combattant comme d'autres se targuent de celui d'ancien S.S. Je ne m'étendrai pas sur les causes, que personne n'ignore d'ailleurs, qui ont fait que vous êtes devenus bien malgré vous des Anciens Combattants. Mais au moins n'en tirez pas gloire, il n'y a vraiment pas de quoi.
Messieurs les Anciens Combattants ou autre corporation similaire, votre race est en voie de disparition. Vous pouvez encore aujourd'hui tenir le langage absurde de l'âge de pierre, aujourd'hui vous pouvez encore obliger les jeunes gens à se préparer au prochain conflit, aujourd'hui vous pouvez encore parler de vos propriétés, de vos colonies, de vos empires. Mais vos jours sont comptés : vous appartenez au Musée, avec le dinosaure et la meule de pierre taillée. Gentiment nous vous laissons vous éteindre de votre belle mort, mais au moins taisez-vous. Ne nous obligez pas à vous aider à achever plus rapidement votre triste carrière. Quant aux malheureux débris auxquels vous essayez de repasser le flambeau, ne comptez pas sur eux (je veux parler de ces jeunes crevés qui se sont juste montrés capables d'assassiner pour quelque argent leurs frères paysans et ouvriers d'Indochine) car, trop

près d'eux, nous n'aurions pas pour leur carcasse la patience que nous avons usée pour la vôtre.

JACQUES FILLON

L'OFFRE ET LA DEMANDE

Nous venons d'achever un premier essai de propagande radiophonique, intitulé *La Valeur éducative*. Cette émission, d'un style inusité, est à la disposition de toute chaîne qui pourrait en prendre le risque.
Nous pouvons également communiquer aux ciné-clubs qui sont hors de France, quelques films qui firent scandale en 1952, et auxquels nous n'accordons plus qu'une valeur historique.

LE PIÈGE

À la question : « Êtes-vous des imbéciles ou des faussaires ? », les surréalistes (voir *Potlatch*, numéro 14) ont répondu : « Les faussaires, c'est plutôt vous. »

GIL J WOLMAN

Rédacteur en chef : M. Dahou, 32, rue de la Montagne-Geneviève, Paris 5e.

Bulletin d'information du groupe français de l'Internationale lettriste

potlatch

mensuel   26 janvier 1955
16

LE GRAND SOMMEIL ET SES CLIENTS

> « Les autres peintres, quoi qu'ils en pensent, instinctivement se tiennent à distance des discussions sur le commerce actuel. »
> *Dernière lettre de*
> VINCENT VAN GOGH

> « Il est temps de se rendre compte que nous sommes capables aussi d'inventer des sentiments, et peut-être, des sentiments fondamentaux comparables en puissance à l'amour ou à la haine. »
> PAUL NOUGÉ
> *Conférence de Charleroi*

Les misérables disputes entretenues autour d'une peinture ou d'une musique qui se voudraient expérimentales, le respect burlesque pour tous les orientalismes d'exportation, l'exhumation même de « traditionnelles » théories numéralistes sont l'aboutissement d'une abdication intégrale de cette avant-garde de l'intelligence bourgeoise qui, jusqu'à ces dix dernières années, avait concrètement travaillé à la ruine des superstructures idéologiques de la société qui l'encadrait, et à leur dépassement.

La synthèse des revendications que l'époque moderne a permis de formuler reste à faire, et ne saurait se situer qu'au niveau du mode de vie complet. La construction du cadre et des styles de la vie est une entreprise fermée à des intellectuels isolés dans une société capitaliste. Ce qui explique la longue fortune du rêve.

Les artistes qui ont tiré leur célébrité du mépris et de la destruction de l'art ne se sont pas contredits par le fait même, car ce mépris était déterminé par un progrès. Mais la phase de destruction de l'art est encore un stade social, historiquement nécessaire, d'une production artistique répondant à des fins données, et disparaissant avec elles. Cette destruction menée à bien, ses promoteurs se trouvent naturellement incapables de réaliser la moindre des ambitions qu'ils annonçaient au-delà des disciplines esthétiques. Le mépris que ces découvreurs vieillissants professent alors pour les valeurs précises dont ils vivent — c'est-à-dire les productions contemporaines au dépérissement de leurs arts — devient une attitude assez frelatée, à souffrir la prolongation indéfinie d'une agonie esthétique qui n'est faite que de répétitions formelles, et qui ne rallie plus qu'une fraction attardée de la jeunesse universitaire. Leur mépris sous-entend d'ailleurs, d'une manière contradictoire mais explicable par la solidarité économique de classe, la défense passionnée des mêmes valeurs esthétiques contre la laideur, par exemple, d'une peinture réaliste-socialiste ou d'une poésie engagée. La génération de Freud et du mouvement Dada a contribué à l'effondrement d'une psychologie et d'une morale que les contradictions du moment condamnaient. Elle n'a rien laissé après elle, sinon des modes que certains voudraient croire définitives. À vrai dire, toutes les œuvres valables de cette génération et des précurseurs qu'elle s'est reconnus conduisent à penser que le prochain bouleversement de la sensibilité ne peut plus se concevoir sur le plan d'une expression inédite de faits connus, mais sur le plan de la construction consciente de nouveaux états affectifs.

On sait qu'un ordre de désirs supérieur, dès sa découverte, dévalorise les réalisations moindres, et va nécessairement vers sa propre réalisation.

C'est en face d'une telle exigence que l'attachement aux formes de création permises et prisées dans le milieu économique du moment se trouve malaisément justifiable. L'aveuglement volontaire devant les véritables interdits qui les enferment emporte à d'étranges défenses les « révolutionnaires de l'esprit » : l'accusation de bolchevisme est la plus ordinaire de leurs requêtes en suspicion légitime qui obtiennent à tout coup la mise hors la loi de l'opposant, au jugement des élites civilisées. Il est notoire qu'une conception aussi purement atlantique de la civilisation ne va pas sans infantilisme : on commente les alchimistes, on fait tourner les tables, on est attentif aux présages.

En souvenir du Surréalisme, dix-neuf imbéciles publiaient ainsi récemment contre nous un texte collectif dont le titre nous qualifiait de « Familiers du Grand Truc ». Le Grand Truc, pour ces gens-là, c'était visiblement le marxisme, les procès de Moscou, l'argent, la République chinoise, les Deux Cents familles, feu Staline, et en dernière analyse presque tout ce qui n'est pas l'écriture automatique ou la Gnose. Eux-mêmes, les Inconscients du Grand Truc, se survivent dans l'anodin, dans la belle humeur des amusements banalisés vers 1930. Ils ont bonne opinion de leur ténacité, et peut-être même de leur morale.

Les opinions ne nous intéressent pas, mais les systèmes. Certains systèmes d'ensemble s'attirent toujours les foudres d'individualistes installés sur des théories fragmentaires, qu'elles soient psychanalytiques ou simplement littéraires. Les mêmes olympiens alignent cependant toute leur existence sur d'autres systèmes dont il est chaque jour plus difficile d'ignorer le règne, et la nature périssable.

De Gaxotte à Breton, les gens qui nous font rire se contentent de dénoncer en nous, comme si c'était un argument suffisant, la rupture avec leurs propres vues du monde qui sont, en fin de compte, fort ressemblantes.

Pour hurler à la mort, les chiens de garde sont ensemble.

G.-E. DEBORD

Lettre à Monsieur Michel-Eristov Gengis-Khan, secrétaire général du Centre International de Recherches esthétiques

Monsieur,
La présence du nommé Serge Lifar et de l'attaché culturel de l'ambassade franquiste dans l'entreprise que vous gérez ne suscite que notre dégoût. Abstenez-vous à l'avenir de nous envoyer vos publications, comme nous vous supprimons les nôtres, qui vous parvenaient par un fâcheux hasard.
Croyez, Monsieur, à nos bons sentiments pour les esthètes.
Le 1er janvier 1955 :

> *pour l'Internationale lettriste :*
> MICHÈLE BERNSTEIN, DAHOU.

LE CHOIX DES MOYENS

Nous avons cessé d'assurer le service de *Potlatch* à un grand nombre de journaux français, parmi les moins bien écrits. Le rôle le plus utile de *Potlatch* est d'obtenir des contacts dans plusieurs pays et de réunir des *cadres*, qui devront influencer dans le même sens le mouvement des idées. Nous ne souhaitons donc pas avoir des échos dans la grande presse. Il ne s'agit pas d'une attitude de dédain ou d'une pureté métaphysico-libertaire envers une forme d'industrie qui *ne peut pas* nous

être favorable, mais d'un choix des milieux qu'il nous importe de toucher au stade actuel.
La publicité proprement dite ne saurait nous servir en ce moment, alors que nous n'avons rien à vendre.

LA RÉDACTION

Messages personnels

Au routier de la 13 *bis*. Hannibal et ses éléphants vont partir.

À Grégoire de Tours. C'était François-Bernard-Isidore.

LE SQUARE DES MISSIONS ÉTRANGÈRES

À la limite des sixième et septième arrondissements, ce square, cerné à très courte distance par la rue de Babylone et le boulevard Raspail, reste d'un accès difficile et se trouve généralement désert. Sa surface est assez étendue pour celle d'un square parisien. Sa végétation à peu près nulle. Une fois entré, on s'aperçoit qu'il affecte la forme d'une fourche.
La branche la plus courte s'enfonce entre des murs noirs, de plus de dix mètres de haut, et l'envers de grandes maisons. À cet endroit une cour privée en rend la limite difficilement discernable.

L'autre branche est surplombée sur sa gauche par les mêmes murs de pierre et bordée à droite de façades de belle apparence, celles de la rue de Commaille, extrêmement peu fréquentée. À la pointe de cette dernière branche on arrive à la rue du Bac, beaucoup plus active.

Toutefois le square des Missions étrangères se trouve isolé de cette rue par un curieux terrain vague que des haies très épaisses séparent du square proprement dit. Dans ce square vague, fermé de toutes parts, et dont le seul emploi semble être de créer une distance entre le square et les passants de la rue du Bac, s'élève à deux mètres un buste de Chateaubriand en forme de dieu Terme, dominant un sol de mâchefer.

La seule porte du square est à la pointe de la fourche, à l'extrémité de la rue de Commaille.

Le seul monument du lieu contribue encore à fermer la vue et à interdire l'accès du square vague. C'est un kiosque d'une grande dignité qui tend à donner toutes les impressions d'un quai de gare et d'un apparat médiéval.

Le square des Missions étrangères peut servir à recevoir des amis venant de loin, à être pris d'assaut la nuit, et à diverses autres fins psychogéographiques.

MICHÈLE BERNSTEIN

LES CANONS DE L'O.T.A.N.

« Le jour de la Pentecôte, ils étaient tous réunis. Tout à coup, il vint du ciel un bruit pareil à celui du vent qui souffle avec impétuosité ; il remplit toute la maison où ils étaient assis. Alors ils virent paraître des langues séparées les unes des autres, qui étaient comme des langues de feu, et qui se posèrent sur chacun d'eux. Ils furent tous remplis du Saint-Esprit, et ils commencèrent à parler en des langues étrangères, selon que l'esprit leur donnait de s'exprimer. »

Actes des Apôtres 2-1

« L'injure ? Ce n'est pas ma manière. Mais il arrive qu'un écrivain ait le sens de la formule. Le trait porte. Qu'y faire ? C'est une grâce que j'ai reçue et que je vous souhaite. »

FRANÇOIS MAURIAC
Express 22-1

PIRE QU'ADAMOV !

Un royaliste et un R.P.F. portent sur scène *La Condition humaine,* reportage très romancé sur l'insurrection ouvrière de Changhaï en 1927, écrit par le R.P.F. qui à cette époque était cosmopolite. Les personnages du R.P.F. émettent des considérations générales sur l'esthétique de l'aventure, et l'acte gratuit dans le cadre du syndicalisme.

Le R.P.F. lui-même a passé une grande partie de sa vie à s'interroger sur l'esthétique de l'aventure. Depuis il est devenu aventurier de l'esthétique. Le royaliste est moins renommé. Mais il a ses références : il est le dernier en France à rajeunir Eschyle. On se souvient de *La Course des Rois*.

Dans *La Condition humaine* il n'y a pas de roi, mais tout de même un général, qui est encore célèbre à Formose. Et une mitrailleuse, très réussie.

Le R.P.F. n'est pas un simple néoboulangiste : il est également Nouvelle-Gauche, comme Mauriac et le président Mendès-Bonn.

Par hasard, un cinéma reprend en même temps *L'Espoir*, film que le R.P.F. tournait en 1938 à Barcelone. Là de très belles séquences nous ramènent comme chez nous à la guerre d'Espagne.

La pratique du témoignage et du faux témoignage fut décevante pour ce R.P.F. qui peut déjà deviner, à certains signes, quels détails précis une immédiate postérité retiendra de tant de bruit.

G.-E. DEBORD

Nous commençons aujourd'hui la publication en feuilleton de l'émission radiophonique dont nous avons signalé en décembre l'existence. Le texte de La Valeur éducative *est présenté ici sans mention des tons et des bruitages qui ne peuvent passer sur les ondes, précisément à cause des paroles qui suivent.*

LA VALEUR ÉDUCATIVE

Voix 1 : Parlons de la pluie et du beau temps, mais ne croyons pas que ce sont là des futilités ; car notre existence dépend du temps qu'il fait.

Voix 2 (jeune fille) : Tamar prit les gâteaux qu'elle avait faits et les apporta à Amnon, son frère, dans la chambre. Elle les lui offrit pour qu'il les mangeât ; mais il se saisit d'elle, et lui dit : « Viens dormir avec moi, ma sœur. » Elle lui répondit : « Non, mon frère, ne me fais pas violence ; ce n'est pas ainsi qu'on agit en Israël. Ne commets pas cette infamie ! Où irais-je, moi, porter ma honte ? Et toi, tu serais couvert d'opprobre en Israël. Parle plutôt au roi, je te prie ; il ne t'empêchera pas de m'avoir pour femme. » Mais il ne voulut point l'écouter, et il fut plus fort qu'elle ; il lui fit violence et il abusa d'elle.

Voix 3 : Sur quoi donc repose la famille actuelle, la famille bourgeoise ? Sur le capital, sur l'enrichissement privé. Elle n'existe en son plein développement que pour la bourgeoisie. Mais elle a pour corollaire la disparition totale de la famille parmi les prolétaires, et la prostitution publique.
La famille des bourgeois disparaîtra, cela va

sans dire, avec le corollaire qui la complète ; et tous deux disparaîtront avec le capital.

Voix 1 : Bernard, Bernard, cette verte jeunesse ne durera pas toujours. Cette heure fatale viendra, qui tranchera toutes les espérances trompeuses par une inexorable sentence. La vie nous manquera comme un faux ami au milieu de toutes nos entreprises. Les riches de cette terre qui jouissent d'une vie agréable, s'imaginent avoir de grands biens, seront tout étonnés de se trouver les mains vides.

Voix 4 : Mais ce qui, surtout, contribuera à fortifier le climat de confiance auquel la population d'Algérie aspire, c'est la nouvelle que les opérations de police se sont déroulées avec succès, et qu'elles se soldent par 130 arrestations opérées, notamment à Khenchela : 36 terroristes ou meneurs appréhendés, soit la plus grosse partie du commando de la nuit tragique. À Cassaigne : 12 arrestations. Il est particulièrement réconfortant, au demeurant, de souligner, en ce qui concerne ce dernier centre que, sur les douze individus arrêtés, quatre ont été livrés par les fellahs de la région eux-mêmes, qui ont tenu à prendre part aux investigations, pour livrer les coupables à la justice.

Voix 2 (jeune fille) : Les placides bovins seraient à la merci des carnivores, s'ils n'avaient leur paire de cornes pour se défendre. Dans l'aquarium voisin, nous voyons d'étranges poissons dont les yeux s'agrandissent démesurément.

à suivre

Rédacteur en chef : M. Dahou, 32 rue de la Montagne-Geneviève, Paris 5ᵉ.

Bulletin d'information du groupe français de l'Internationale lettriste

potlatch

mensuel 24 février 1955

17

TOUT ORDRE NEUF

Tout ordre neuf est considéré comme un désordre et traité comme tel. Les premiers essais de « métagraphie libérée » furent effectués par G.-E. Debord et moi-même durant l'automne 1951.

Convaincus que nous étions sur la bonne voie par quelques succès probants, nous persévérâmes et obtînmes en octobre dernier, trois ans après presque jour pour jour, les résultats tangibles que nous escomptions. Ces résultats, encore bien loin de nous satisfaire complètement, nous ont cependant permis de faire un grand pas dans l'évolution de la forme.

Malgré sa puissance intrinsèque de rayonnement, l'écométagraphie inhérente à la matière, restait jusqu'à ce jour absolument spécifique. Plus généralement employée sous l'appellation tronquée de « métagraphie », l'écométagraphie est la discipline considérant l'art métagraphique comme une branche de l'économie, et son œuvre comme un simple bien échangé pour d'autres biens dans un circuit intégral de marchandises — Notre but était de la rendre volatile et d'élargir son champ par la volonté même de l'image, et non par un caprice expérimental.

Le terrain envisagé pour la première expérience fut plat et caractérisé par l'absence de corps supra-naturels (ces deux conditions ne devront évidemment jamais être absolues). Le problème du jeu de l'ombre et de la lumière, base de toute métagraphie tridimensionnelle, se pose immédiatement ; la luminosité employée à cet effet doit être intensive et soutenue. Le premier écueil réside donc dans la captation des polarisants ; il peut être résolu par le procédé de l'héliographie qui permet d'obtenir, à certaines heures et suivant le méridien, une amplitude normalisée suffisamment vaste, et à partir de laquelle on peut effectuer avec satisfaction une première simplification des éléments.

Pour plus de compréhension de ce qui va suivre, je prendrai une amplitude étalon normalisée de (10) (15). Imaginant que dans ce premier cas la normalisation soit réalisée par un moyen artificiel plus maniable (infrarouge surpuissant, ultra-violet, etc.), j'obtiens après simplification des éléments un plan polarisé de 150 m^2. D'ores et déjà je peux intégrer les clefs sensorielles correspondantes à la structure géologique, que j'appellerai pour l'exemple qui nous intéresse structure «sculptographique». La sculptographie est évidemment le travail le plus intéressant, mais aussi le plus délicat. Chaque élément nouveau inséré devra répondre parfaitement à la projection que l'on désire obtenir : ombre portée ou image. Ils doivent être absolument indépendants entre eux, le premier du second, le troisième du quatrième, et ainsi de suite jusqu'à concurrence de six, maximum que peut supporter une surface de 150 m^2.

Ce nombre de six clefs sensorielles n'est pas choisi au hasard, les différentes expériences qui motivèrent ce choix, je le rappelle, furent réalisées par le procédé de l'héliographie, donc en plein air ; procédant sous abri, l'on doit tenir compte d'une atténuation de 30 % ce qui représente environ 72 à 75 décibels. Une amplification appréciable ne pouvant déjà être envisagée, on a intérêt à travailler sous une polarisation réduite, afin que la diminution de l'amplification aux fréquences élevées ne soit pas trop grande. (Le néon ordinaire doit pouvoir amplifier uniformément toutes les fréquences.) Il est donc normal de calculer la hauteur des normalisateurs en fonction de la surface polarisée.

Cette première partie ou «période intentionnelle» terminée, la créativité multiplicatrice sera réalisée comme habituellement sur l'écométagraphie primaire plane, en tenant évidemment compte de sa nouvelle trivalence.

Dans un prochain numéro de *Potlatch* j'entreprendrai les révolutions économiques qu'entraînent la découverte et l'évolution de la métagraphie libérée ou tridimensionnelle.

JACQUES FILLON

LES FELLAGHAS PARTOUT

Il y a quelques jours la presse révélait que sur le corps d'un chef terroriste abattu dans l'Aurès on avait trouvé deux mandats envoyés de France, d'une valeur totale de un million.

La semaine dernière, deux ouvriers originaires de Batna devaient quitter l'usine parisienne qui les employait, après qu'on les eut accusés de financer les rebelles en campagne par des mandats qu'ils expédiaient dans leur pays.

Quand on sait que presque tous les Algériens qui travaillent en France font vivre sur leur salaire les familles qu'ils laissent en Algérie (en réalité, c'est pour cela qu'ils ont dû venir en France), on se rend compte de l'utilité d'une telle provocation, applicable en tous lieux contre les éléments suspects à la direction.

Nos camarades algériens devront signaler autour d'eux cette manœuvre, dont la surprise paraît être la principale condition de succès.

ÔTE TA MOUSTACHE
ON T'A RECONNU

Extraits du sermon Sur Saint-Just, *paru dans la* Nouvelle nouvelle Revue Française *de janvier, sous la signature du Nouveau-nouveau Malraux.*

«... la légende française aime les soldats... Sans doute la présence de Saint-Just dans quelques mémoires tient-elle à celle des soldats de l'an II dans toutes les autres.

Il veut créer des institutions pour former des hommes, et des hommes pour vouloir des lois dignes d'eux. Que l'on cesse d'étudier de telles institutions au nom du bonheur, et plus encore de la raison — entre le système métrique et les réformes du Code civil — leur vraie nature se révèle ; elles sont la règle d'un immense couvent, où la cocarde remplace la croix... le laconisme qu'il veut imposer est celui des Ordres.

Il appelle institutions les moyens de former cette conscience, qui n'est pas seulement celle de la justice, quoi qu'il en dise. Il croyait les trouver à Sparte ; il les eût trouvés dans l'Église.

... les forces de Saint-Just se conjuguent pour découvrir dans la confusion des événements l'étoile fixe qu'il appelle République. Napoléon l'appellera la sienne ; Lénine, le prolétariat ; Gandhi, l'Inde ; le général de Gaulle, la France. »

QUART DE FINALE

À l'appui d'une réalité quotidienne déprimante au point que l'on sait, la bourgeoisie exploite deux ou trois industries d'évasion utiles au système. Le western, le scoutisme et le reportage exotique recrutent pour les mêmes Corps expéditionnaires.

Au-dessus de ces évasions de consommation courante, des amuseurs de première grandeur produisent, avec le cachet d'individualité du travail artisanal, du confusionnisme pour élites instruites. Les meilleurs sont assurés d'appartenir à l'histoire de leur « civilisation », s'ils s'identifient parfaitement à ce moment dont ils assument la défense.

On peut parler d'une sorte de championnat inter-polices.
Après diverses tentatives Malraux-Capital-Travail, Malraux-*l'Express*, en réussissant à comparer Saint-Just à Mahomet six fois en vingt et une pages, vient d'établir solidement son titre de mameluck du XXe siècle.

Mais les carottes sont cuites. Cette fois, Cocteau gagne.

> *pour l'Internationale lettriste :*
> MICHÈLE BERNSTEIN, DAHOU, DEBORD, GIL J WOLMAN.

QUELQUES FORMES
QUE PRENDRA LA DÉRIVE

Elle doit être :
a) dans le temps — constante, lucide; influentielle et surtout énormément fugitive.
b) dans l'espace — désintéressée, sociale, toujours passionnante.
Peut s'effectuer à l'état latent, mais toujours les déplacements la favorisent.

En aucun cas elle ne doit être équivoque.

VÉRA

TROIS PETITS TOURS
ET PUIS S'EN VONT...

La démission du dauphin de Staline a plongé les Occidentaux dans la stupeur. Stupeur feinte, il est vrai, car il n'est sans doute pas un seul homme politique responsable (?) des pays capitalistes pour ne pas admettre implicitement que la chute de Malenkov se trouvait rendue inévitable à la suite des dernières élucubrations de la politique du Pentagone. La ratification des accords de Paris et les préparatifs loufoques d'aide au boyard attardé de Formose, voilà autant de causes réelles à l'actuel raidissement soviétique, à l'apparent « retour à Staline » annoncé par Khrouchtchev au Soviet de l'U.R.S.S. En bon Talleyrand de la révolution d'Octobre, le larbin n° 1 Molotov n'a fait que renchérir à l'oscillation du pendule de la politique soviétique. Avant de s'étonner, nos innocents partisans du réarmement allemand auraient mieux à faire en reconnaissant que la discussion avec l'Est est maintenant, de nouveau, compromise par leur sottise criminelle. Quand donc comprendra-t-on qu'il existe chez les Russes — et avant toute présupposition révolutionnaire, hélas — une crainte permanente de l'Occident ? Et le tournant amorcé par Khrouchtchev ne manifeste, une fois de plus, que cette inquiétude — tout compte fait légitime, mais nuisible à la révolution même — que la politique de Staline, politique à l'échelle de cette réaction psychologique primaire, avait réduite avec tant de force, d'application rusée et naïve à la fois.

Néanmoins, la démission de Malenkov, si elle s'inscrit logiquement dans la longue suite des tournants du régime orchestrés en fonction de cette crainte, porte préjudice avant tout aux intérêts révolutionnaires du prolétariat mondial. Si le président du Conseil russe est amené à se déclarer

« incompétent », on se demande comment le sens critique des travailleurs doit être envisagé et quelle conclusion en tireront — ne disons pas les mercenaires de la philosophie bourgeoise du type Toynbee ou R. Aron — mais les marxistes authentiques. L'état actuel de la direction du mouvement révolutionnaire est tel que bien peu d'entre eux, sans doute, admettront encore la possibilité de perspectives révolutionnaires confiées à l'appréciation de gens aussi peu qualifiés que Malenkov, Khrouchtchev et consorts, ces staliniens sans Staline c'est-à-dire sans le mythe de la force. Il n'est pas de plus cinglant démenti du « niveau idéologique révolutionnaire » des staliniens, de leur prétendue « fidélité à Lénine » que la pitoyable confusion des maîtres actuels du Kremlin.

Où donc sont les révolutionnaires ? D'aucuns, déjà, prétendent à la « nouvelle gauche non marxiste », piège usé de la réaction style « capitalisme évolué ». Mais le moment est venu pour les marxistes de choisir entre les palinodies de Moscou et la voie difficile mais seule authentique, les perspectives de la critique réelle.

LÉONARD RANKINE

UN MÉDIUM À L'EAU DE VICHY

La revue surréaliste, métapsychique et Abellio-occultiste *Médium*, après sept mois d'un silence que l'on pouvait espérer définitif, vient de publier son numéro 4. Dédé-les-Amourettes et ses douze derniers apôtres y mettent à l'index Max Ernst, coupable d'avoir vendu à la Biennale de Venise la peinture même qu'ils essaient plus moralement de refiler aux Américains dans les galeries peu connues de la rive gauche.

On vérifie une fois de plus que quand on touche à leur seul commerce ces habitués de toutes les compromissions deviennent farouches : ils paraissent croire que des « milieux indépendants » nourriraient des illusions à leur propos. Ils s'inquiètent même de laisser « *désorienter la jeunesse* ».

Le plus sot, celui qui définit généralement la curieuse position politique de la bande, commente avec sympathie le dernier gouvernement. Le génie du contresens que nous avons déjà décelé chez ce personnage lui inspire de comparer le prolétariat évolué de 1848 au sous-prolétariat dégradé d'aujourd'hui « pour lequel les préoccupations alimentaires et le problème du logement tiennent plus de place que les virtualités révolutionnaires ». On peut en déduire qu'il ne sait rien de juin 1848, de Marx, du prolétariat.

Mieux encore, le même conclut de « l'expérience Mendès » que les divers éléments du capitalisme international, ou les factions qui le représentent à l'échelle nationale sont plus occupés de leurs luttes intestines que d'un combat contre le monde prolétarien. On peut en déduire que ce professionnel de l'anticommunisme ne sait rien de Staline, dont il reproduit bêtement la plus fausse et la plus funeste théorie.

LA VALEUR ÉDUCATIVE
suite

Voix 4 : D'ailleurs, des renforts — parachutistes, gendarmes, C.R.S., aviation — continuent d'être répartis aux points névralgiques, prêts à participer aux opérations d'assainissement dont M. Jacques Chevallier, secrétaire d'État à la Guerre, a dit hier qu'elles pourraient demander beaucoup de temps et d'hommes.

Voix 2 (jeune fille) : Hélas ! Chacun, en Grande-Bretagne, sait que la princesse — pour des raisons d'État — ne peut s'habiller chez les couturiers français. Voici cinq ans, elle acheta plusieurs robes chez Dior. Cela provoqua un véritable scandale.

Voix 1 : De quelque illusion, de quelques conventions que la royauté s'enveloppe, elle est un crime éternel contre lequel tout homme a le droit de s'élever et de s'armer ; elle est un de ces attentats que l'aveuglement même de tout un peuple ne saurait justifier.

Voix 4 : Aucun profit matériel n'attirait les hommes dans les régions polaires, mais seulement le désir désintéressé de connaître toute la terre. À force d'énergie, ils ont atteint les deux pôles.

Voix 3 : Il ne restait plus qu'à étudier l'intérieur des continents dont on connaissait les contours.

Voix 1 : Les fruits, les fleurs poussent à profusion, et au milieu de cette nature splendide les indigènes *se laissent vivre nonchalamment.*

Voix 4 : Les fellaghas ? Qui sont-ils ? D'où viennent-ils ? — Des cadres tunisiens ? On l'a dit… Et tripolitains ? Mais qu'ils bénéficient maintenant du recrutement local, ce n'est pas douteux. La plupart portent un semblant d'uniforme kaki.

Voix 1 : Ils aiment les jeux, les chants, la danse, et reçoivent les étrangers avec une hospitalité généreuse. Mais ils sont aussi de hardis, de *remarquables navigateurs.*

Voix 3 : Nous avons la situation bien en main, affirme le gouverneur général. On ne peut point régner innocemment.

à suivre

Rédacteur en chef : M. Dahou, 32 rue de la Montagne-Geneviève, Paris 5ᵉ.

Bulletin d'information du groupe français de l'Internationale lettriste

potlatch

mensuel 23 mars 1955

18

APOTHÉOSE D'UN VEAU

Le rôle de l'avant-garde en Espagne se trouve être, plus que partout ailleurs, dans la dépréciation des valeurs idéologiques officielles. M. Claudio Colomer Marquès, à qui « l'intellectualisation de certains secteurs de la jeunesse espagnole apparaît comme un fait anachronique et dénué de sens », explique logiquement ce péril dans l'hebdomadaire *El Español* :

« Dans l'ordre social, toute pensée mue par le stimulant de l'originalité est funeste et subversive... l'intellectuel est un individu qui change l'ordre naturel et logique des attirances de l'intelligence... Nous croyons que l'Espagne a besoin, comme les plus importants pays du monde, d'une jeunesse intelligente, active, professionnelle et sportive. »

Mais si la philosophie de la classe dominante dispose, contre nos camarades espagnols, d'un arsenal d'interdictions plus ouvertement policières que dans le reste de l'Europe, du moins se trouve-t-elle au stade où elle ne ressent plus le besoin d'entretenir des succursales de diversion, du genre Sartre ou Mendès.

La pensée qu'il s'agit de renverser règne seule, à un degré d'inconséquence et de faiblesse dont témoigne cet hommage des grands propriétaires terriens, des maîtres de l'Espagne, à leur production la plus réussie :

Dans l'église de Jésus de Medinaceli, et par une messe au Saint-Esprit présidée par le délégué national du Syndicat, a été inauguré le Premier Congrès national de l'Élevage, auquel participaient 3 100 éleveurs et 1 000 entrepreneurs, représentants de l'industrie et du commerce...

« Ensuite le chef national du Syndicat de l'Élevage prononça un discours, dans lequel, après avoir salué les assistants, il dit :
"... Ce congrès ne sera pas du verbalisme ; de la démagogie non plus. Son caractère transcendantal ira assez loin dans la conscience de tous les Espagnols...
"Et sachant que les éleveurs sont rassemblés, je veux, au nom de tous, offrir notre hommage au grand homme d'État, le Caudillo d'Espagne, Francisco Franco. Avec Franco et pour l'Espagne se lèvent les éleveurs espagnols, et de même que dans les temps impériaux le Conseil de la Mesta avait pour symbole insigne de ses privilèges la majesté

du Roi, aujourd'hui, nous, la totalité des éleveurs d'Espagne, nous offrons à notre Caudillo la présidence d'honneur du cheptel espagnol, encadré par l'institution du Syndicat national de l'Élevage, dans cette Espagne glorieuse, qui est redevenue un royaume grâce à l'épée et à la majesté du commandement de Francisco Franco. Franco possède une conception quasi frénétique de l'avenir. Il a la juste appréciation en degré et en ligne du complexe mouvement d'action et de réaction des passions humaines, il a l'intuition du calendrier du futur, voyant dans l'obscurité du destin le fait qui se cache encore dans ses entrailles. Il connaît exactement la force morale disponible pour forger ou précipiter chaque nouveauté. Il domine l'estimation exacte des capacités latentes en la communauté espagnole pour arriver à un but précis. Que Franco soit notre conducteur en l'anxiété créatrice des éleveurs espagnols!…"
À la fin de son brillant discours, M. Aparicio fut très applaudi par tous les membres de l'assemblée. »

Hoja de Lunes, Barcelone

> *pour l'Internationale lettriste :*
> MICHÈLE BERNSTEIN, JACQUES FILLON, VÉRA.

UN CHIEN ÉCRASÉ

Le décès tardif de Claudel a provoqué certains éloges littéraires qui eussent gagné à s'exprimer

en privé. Aux côtés des *Figaro-Match* — ce dernier illustré a l'avantage de révéler visuellement, pour ceux qui ne l'auraient pas lu, quel répugnant vieillard était Claudel — on peut voir Aragon — *Lettres Françaises* ou l'hebdomadaire *France-Observateur* louer les mérites du disparu, en dépit de ce que l'on appelle, de ce que l'on ose appeler, dans *France-Observateur* du 3 mars, « la gaucherie de la démarche temporelle du poète ». (Villon, Baudelaire et Rimbaud y sont cités parallèlement comme autres exemples de ce fait que « les poètes ont quelque mal à s'adapter au monde et à ses vicissitudes ».)
Encore une fois, mais d'une manière plus surprenante et plus scandaleuse que de coutume, la presse prétendue progressiste choisit l'admiration esthétique du plus contestable « génie » bourgeois plutôt que le silence ou les injures qui, dans le cas de la mort de Claudel, se trouvent seuls moralement justifiés.

À propos de la présentation à la Cinémathèque française du film d'un ancien lettriste, qui se trouve être un détournement réactionnaire, et par là même plus facilement admissible, *des idées que nous avons soutenues, nous avons adressé la lettre suivante à M. Langlois, directeur de cette institution :*

Monsieur,

Avisés de votre intention de présenter le 22 mars au musée du Cinéma le film de Bismuth-Lemaître, nous croyons bon d'attirer votre attention sur l'insignifiance de cette production.

Du point de vue du cinéma « lettriste », qui est à notre sens le seul renouvellement fondamental de cet art depuis quatre ans, le film en question n'est qu'une très mauvaise copie du *Traité de Bave et d'Éternité* d'Isou, qui lui-même n'a représenté que l'effort le plus primaire de ce renouvellement.

L'ambition faiblement pirandellienne surajoutée à ce devoir d'écolier (briser le cadre ordinaire de la représentation cinématographique, etc.) est loin d'atteindre le burlesque moyen d'*Helzappopin*.

Nous vous rappelons qu'il est fâcheux de favoriser dans un public qui vous fait confiance de si risibles confusions de valeur. Des truquages analogues font que certains attribuent encore aujourd'hui à Cocteau le style affirmé trois ans avant lui dans *Un Chien Andalou* ; ou, pire, s'imaginent que l'auteur de *Miracle à Milan* est l'inventeur des effets de René Clair.

Nous espérons que cette lettre vous parviendra à temps.

le 20 mars 1955

pour l'Internationale lettriste :
M. DAHOU, G.-E. DEBORD,
GIL J WOLMAN.

NE PAS CONFONDRE

En réponse à *Paris-Presse* du 7 mars, qui consacre un article de plus à l'affligeant quartier Germain-des-Prés sous le titre «Simone de Beauvoir a le prix Goncourt... le prince des lettristes épouse une princesse égyptienne..., etc. », l'Internationale lettriste fait savoir qu'aucune des étrangères épousées par ses adhérents n'est une princesse égyptienne.

« LA BÊTISE AU FRONT DE TAUREAU »

Dans le numéro 109 des *Temps Modernes*, on peut lire (pages 1053 à 1072) un «témoignage sur une corrida», dû à un certain Robert Misrahi, qui est bien un des textes les plus représentatifs de ce ton de pédantisme irréel introduit il y a quelques années dans la sous-production littéraire par Sartre, et presque disparu depuis sous le ridicule, mais que des épigones maladroits peuvent parfois relancer en aveugles.

La rivalité taureau-torero exposée sans rire comme une histoire d'«homosexuel envieux qui passe de la féminité à la virilité » en tuant l'animal permet au collaborateur des *Temps Modernes* de donner au torero un conseil péremptoire, et comme on n'a pas tous les jours la joie d'en lire :

« Il suffirait qu'il *écrive* ses expériences tauromachiques et se fasse poète ; comme Genet, seule la réflexion le sauverait » (p. 1069).

Poussant encore plus loin ce qui semble être une parodie trop chargée, il ressort comme argent comptant les pseudo-définitions de l'art que Sartre lui-même n'a jamais réussi à faire prendre au sérieux par personne, malgré les deux ou trois volumes de *Situations* qui les insinuaient à chaque page :
« ... la tauromachie ne saurait être assimilée à un art : elle n'a pas pour fondement la générosité, elle n'est pas un appel à la liberté des autres... » (p. 1072).

Il faut ajouter au désastre un petit « engagement » joliment enlevé sur l'économie, avec des aperçus bien personnels : « Sans tueurs (c'est-à-dire sans toreros), il n'y aurait pas d'éleveurs. » Puisque « les gros propriétaires fonciers qui font en grand l'élevage du taureau » feraient place peut-être, faute de taureau, à des kolkhozes ? (Et d'abord, qu'allait-il faire en Espagne, ce voyou ? Grossir la foule des touristes qui versent leur obole aux finances du régime vaticano-franquiste, attirés par la bassesse des prix qui découle de la misère du peuple espagnol ; et la doctrine dont il est armé ne lui permettait-elle pas d'aligner exactement les mêmes conneries à propos de n'importe quel autre spectacle quotidien ?)

À propos d'une revue dont le support littéraire, bien défini par cette pourriture esthétique et *morale* qu'est Jean Genet, ne dépasse jamais le niveau de la farce de lycéens (voir dans les numéros 109 et 110 « L'homme au bras d'or » de Nelson Algren et « Fahrenheit 451 » de Ray Bradbury, s'ils ne sont pas plus normalement de Boris Vian), nous n'avons pas voulu attirer l'attention sur le « témoignage » d'une bêtise accoutumée, mais plutôt d'une prétention anormale.

LES RÉFLEXES CONDITIONNÉS

La découverte joyeusement annoncée par Aragon au Deuxième Congrès des Écrivains soviétiques (*Nouvelle Critique*, n° 62), et qui lui paraît justifier le séminaire des « Jeunes Poètes du C.N.E. » :
« C'est que le fait même de discuter de la technique du vers ramène forcément au vers forgé patiemment et longuement par des siècles d'expérience des poètes... »
— N'est-elle pas une preuve de même valeur que ce genre de constatation :
« C'est que le fait même de discuter de théologie ramène forcément à la religion forgée patiemment et longuement par des siècles d'expérience de l'Église... »

LA VALEUR ÉDUCATIVE
suite et fin

Voix 4 : Le relief, le climat, les fleuves que nous avons étudiés jusqu'ici forment le cadre dans lequel vivent les êtres animés, les plantes, les bêtes, les hommes. Chaque espèce vivante s'adapte aux conditions naturelles. Mais souvent l'homme, l'être le plus actif et le plus destructeur, a modifié ces conditions et créé des paysages nouveaux.

Voix 1 : Les drapeaux rouges, frappés de l'étoile d'Ho Chi Minh, ont longuement flotté sur la ville. Les nouveaux maîtres n'oublièrent pas d'en décorer la cathédrale.

Voix 4 : Ainsi, la civilisation et les modes de vie modernes pénètrent jusqu'aux extrêmes limites des terres habitables.

Voix 3 : Autour du pôle Sud s'étend un continent montagneux.

Voix 2 (jeune fille) : Même quand je marcherais dans la vallée de l'ombre de la mort je ne craindrais aucun mal, car tu es avec moi.

Voix 1 : Les explorateurs ont pour ennemis le froid, le vent, l'obscurité, l'isolement.
C'est une véritable aventure qu'un départ vers

ces régions. Même aujourd'hui, aidés par la T.S.F. et l'avion, les explorateurs se perdent.
Ils savent se guider d'après les étoiles, la houle, le vent. Ils ont des cartes marines faites de baguettes de bambou, indiquant les îles et les courants.

Voix 2 (jeune fille) : Je me souviens de l'amour que tu me portais au temps de ta jeunesse, au temps de tes fiançailles, quand tu me suivais au désert, sur une terre inculte… Et je t'ai fait entrer dans un pays semblable à un verger pour en manger les fruits et jouir de ses biens.

Voix 1 : Ceux qui font des révolutions dans le monde, ceux qui veulent faire le bien, ne doivent dormir que dans le tombeau.

Voix 3 : Les hommes construisent leurs maisons en vue de l'usage qu'ils veulent en faire. La même maison ne convient pas à toutes les occupations, à tous les genres de vie.
Tout ce qui n'est pas nouveau dans un temps d'innovation, est pernicieux.

Voix 1 : L'histoire des idées que prouve-t-elle, sinon que la production intellectuelle se métamorphose avec la production matérielle ?
Les idées dominantes d'un temps n'ont jamais été que les idées de la classe dominante. On parle d'idées qui révolutionnent la société tout entière. On ne fait ainsi que formuler un fait, à savoir que les éléments d'une société nouvelle

se sont formés dans la société ancienne ; que la dissolution des idées anciennes va de pair avec la dissolution des anciennes conditions d'existence.

Voix 2 (jeune fille) : De nos jours on travaille surtout dans de grandes usines où les machines permettent de fabriquer d'innombrables objets. L'ouvrier surveille et règle les machines ; il se cantonne dans un travail uniforme et strictement défini. La mise en marche de telles usines exige des capitaux énormes, une force motrice et une main-d'œuvre abondante, et la proximité de voies de communications commodes.

GUY-ERNEST DEBORD

Toutes les phrases de cette émission radiophonique ont été détournées de :
Bossuet. *Panégyrique de Bernard de Clairvaux.*
Demangeon et Meynier. *Géographie générale.* Classe de sixième.
France-soir, du 5 novembre 1954.
Livres de Jérémie, des Psaumes, de Samuel.
Marx et Engels. *Manifeste communiste.*
Saint-Just. *Rapports et Discours à la Convention.*

Potlatch est envoyé à certaines des adresses communiquées à la rédaction.

Rédacteur en chef : M. Dahou, 32 rue de la Montagne-Geneviève, Paris 5e.

Bulletin d'information du groupe français de l'Internationale lettriste

potlatch

mensuel   29 avril 1955

19

LE GRAND ÂGE DU CINÉMA

LE 8ᵉ FESTIVAL DE CANNES SERA MAUVAIS

Les critiques cinématographiques aiment, de métier, le Cinéma. Ils aiment un certain Cinéma, à l'exclusion de tous les autres Cinémas possibles. Mais, là comme ailleurs, on se lasse : ils voudraient un relatif renouvellement. Ils ont les meilleures raisons de savoir que ce renouvellement est impossible dans les cadres du Cinéma qu'ils estiment et qui les nourrit. Depuis plusieurs années ils jouent à attendre *un peu* de nouveau, ils jouent la déception, ils jouent l'étonnement.

Depuis plusieurs années il est apparent, aussi pour le Cinéma, que la maîtrise d'une technique, quand elle a parcouru tout le champ possible des découvertes, ne peut rien donner qu'une virtuosité à suivre des règles admises, comme aux Échecs. Cela n'empêche pas nos critiques de feindre la désillusion, ou même l'indignation, en constatant que Clouzot, pour ses *Diaboliques*, n'a fait que mettre une grande connaissance des recettes du film au service d'un passe-temps parfaitement vide de sens. Ou que le dernier Hitchcock (mais enfin, qu'attendaient-ils de Hitchcock?) ouvre une fenêtre parfaitement gratuite sur une cour totalement insignifiante.

En commençant cette campagne de dépréciation contre quelques-uns de leurs dieux qui, après tout, sont fort capables de leur faire passer agréablement deux heures, les piliers de la religion industrielle-cinématographique donnent les premiers signes de l'épuisement intellectuel qui se manifeste toujours, à la longue, parmi les théoriciens des idéologies concrètement mortes. Bientôt, ils devront se faire plus modestes pour continuer ce métier. Ils admettront peut-être que le Cinéma n'est qu'un spectacle répété à l'infini, comme la messe ou les parties de football.

L'état réel de leur art aujourd'hui, nous l'avions signalé dès avril 1952 dans un tract diffusé au 5e Festival de Cannes, et intitulé *Fini le Cinéma français*. Ce n'est pas un argument contre notre position — ce serait plutôt un argument pour — ce fait que nos tentatives de bouleversement dans ce domaine se sont heurtées à l'opposition générale des milieux qui dominent la distribution et même, quand il a fallu, à la censure.

Depuis cette époque la médiocrité continue de notre Cinéma «atlantique», et même quelques hilarantes tentatives de restauration du style Cocteau, nous ont donné raison. La 8e foire qui s'ouvre ces jours-ci à Cannes sera détestable. Nous prenons un certain plaisir à le constater *à l'avance*.

ENCORE LA JEUNESSE POURRIE

Le dernier film de Duvivier *Marianne de ma jeunesse* unit la plus grande sottise à une funeste abjection morale. L'anecdote, hideusement plagiée du *Grand Meaulnes*, accumule les poncifs éculés du scoutisme et du parachutisme : dans un manoir-collège de Bavière, un grand dadais en culottes courtes, M. Pierre Vaneck, qui a depuis trouvé sa vraie place au Grand-Guignol, séduit tout le monde par ses récits sur l'élevage des chevaux en Argentine, et son art franciscain d'apprivoiser les oiseaux et les biches de passage. Il est naturellement poète. Il rencontre donc dans le manoir d'en face la Femme mystérieuse-inaccessible-magique-triste sous les traits de Mlle Marianne Hold, qui a une tête à aimer Gilbert Bécaud. (D'ailleurs celui-ci, enthousiasmé par le film, vient de faire quelques couplets sur ce titre, dit-on.) Il y a naturellement des obstacles puissants et occultes à leurs amours toutes idéales, à parfum irrécusable de christianisme. Marianne est de l'autre côté d'un lac ; elle déraisonne beaucoup ; on l'enlève ; des dogues sont charmés par le poète ; on l'assomme ; le condisciple pédérastique cherche en barque le poète ; celui-ci va courir le monde pour retrouver Marianne. Ça fera peut-être un autre film.

Le plus grand scandale est l'histoire d'une très jeune fille, nièce du directeur du collège; qui a eu l'imprudence de s'éprendre de l'écolier-poète. De temps à autre elle se déshabille en sa présence. Naturellement il la dédaigne, puisqu'elle est là et qu'il est amoureux de la Femme inaccessible-magique-mystérieuse-triste qui a l'avantage d'être lointaine et, au sens où l'entendent ces voyous, pure. Cette petite fille, qui mourra piétinée par une horde de biches fanatisées par le doux poète (du moins c'est l'explication apparemment la plus rationnelle), est fort bien jouée par Mlle Isabelle Pia. Il est à noter en passant que la même Isabelle Pia est tout simplement affreuse sur des photos récentes de la *Nuit de Saint-Cyr*, où on la voit s'afficher entre deux officiers récemment promus. Ce film, décidément, finit mal.

Et surtout Duvivier, le père des célèbres *Don Camillo*, n'a pas risqué à moitié la compilation des « prestiges poétiques de l'adolescence ». Il a osé mêler à son sale travail les châteaux de Louis II de Bavière, dont il a peu usé pour le tournage, mais énormément pour la publicité de son œuvre malsaine.

Ce procédé seul suffirait à justifier notre indignation, et à renforcer notre assurance que, plus tard, une censure intelligente interdira des films de cette espèce.

LES DISTANCES À GARDER

Nous avions annoncé en novembre 1954 (*Potlatch*, n° 14) la présentation de deux expositions de «Propagande métagraphique» à Liège et à Bruxelles, du 9 avril au 6 mai 1955. Le contrat qui nous avait été proposé par ces deux galeries belges leur laissait le soin d'assurer l'impression des affiches et des invitations de cette manifestation. Il va de soi que jamais notre liberté complète d'en décider la rédaction n'avait été mise en question.

Le propriétaire de ces firmes artistiques (Galeries-Éditions Georges-Marie Dutilleul) prit peur soudainement à la lecture du texte que nous publions ci-après, et à la vue d'un projet d'affiche qui traitait l'architecte Le Corbusier en termes méprisants.

Son refus d'imprimer ce texte entraînait évidemment notre refus de nous compromettre dans son commerce. Il eut le tort de ne pas s'en rendre compte de lui-même. Ce qui l'entraîna à une insistance assez ridicule, puis à une apothéose policière de la dernière inélégance.

On trouvera ici la correspondance échangée.

Texte des invitations

Notre époque est parvenue à un niveau de connaissances et de moyens techniques qui rend possible une construction intégrale des styles de vie. Seules les contradictions de l'économie régnante en retardent l'utilisation.

C'est l'exercice de ces possibilités qui condamne l'activité esthétique, dépassée dans ses ambitions et ses pouvoirs, de même que la maîtrise de certaines forces naturelles a condamné l'idée de Dieu.

Il est inutile d'attendre une invention esthétique importante. Aussi peu intéressantes que les timbres-poste oblitérés, et forcément aussi peu variées qu'eux, les productions littéraires ou plastiques ne sont plus les signes que d'un commerce abstrait.

La phase de transition que nous vivons bouleverse l'ordre des préséances dans le choix des structures, des cadres, et du public des moyens dits d'expression, qui doivent servir de moyens d'action sur le cours des événements. Ainsi, la publicité et la propagande nous paraissant primer toute notion de beauté durable, les travaux métagraphiques de certains d'entre nous ne sont pas destinés au musée du Louvre, mais à établir des maquettes d'affiches.

Il vous est loisible de penser que ces considérations sont la dernière et la plus outrageante forme de cette mystification « lettriste » trop longtemps poursuivie par un groupe de plaisantins sans talent, et qu'une avant-garde d'une saine originalité peut fort bien prendre la relève culturelle. Cherchez-la.

Le 24 mars 1955

> *pour l'Internationale lettriste :*
> MICHÈLE BERNSTEIN, DAHOU, DEBORD,
> J. FILLON, VÉRA, GIL J WOLMAN.

De G.-M. Dutilleul à Internationale lettriste

28 mars 1955

Messieurs,

J'accuse favorable réception de votre billet de ce 25 mars et vous en remercie. Je dois, néanmoins, vous signaler que je ne puis accepter telle votre demande. En effet notre contrat d'exposition doit prévoir l'impression d'invitations et d'affichettes conformes à celles que nous diffusons habituellement, vous trouverez ici même un modèle de nos invitations courantes. Tant à Liège qu'à Bruxelles, la notoriété de nos Galeries ne peut nous permettre une autre présentation. De plus, vous devrez constater que les invitations que vous demandez sont plus un manifeste que des invites et que les affiches demanderaient la réalisation d'un cliché imprévu. Je vous conseille, par conséquent, ou d'accepter le modèle de nos imprimés ou de faire réaliser *en plus*, à Paris l'impression des vôtres ; nos services ne pouvant accepter la diffusion que des imprimés qu'ils éditent. En attendant votre avis par retour, je vous prie de croire, Messieurs, à toute ma considération,

G.-M. DUTILLEUL

Nota Bene — À cette lettre était jointe, comme preuve sans doute de la « notoriété » de la Maison Dutilleul, un modèle d'imprimé annonçant l'édition, par elle-même, du dernier opuscule de M. Albert Camus.

De l'I. L. à Monsieur Jules Dutilleul,
6 rue de l'Escalier, Bruxelles

Monsieur,

Je prends connaissance à l'instant de votre lettre du 28 mars, et j'en suis vivement surpris.
Je conçois que le projet d'affiche ne puisse vous convenir, si vous n'avez réalisé jusqu'à présent que des affichettes. Je vous laisse donc libre d'en user ici comme à votre habitude.
Par contre, le texte que vous avez reçu peut fort bien tenir sur une seule face de vos invitations. Et je ne vois pas quelles autres objections pourraient se présenter, puisque l'usage est consacré d'éditer sur les catalogues des galeries une brève présentation de la peinture en cause.
Naturellement, si l'impression de ce texte vous entraîne à des frais supérieurs à ceux prévus par notre contrat, j'y consens volontiers.
La notoriété de notre mouvement — dont vous avez peut-être entendu parler — ne peut nous permettre d'exposer, tant à Liège qu'à Bruxelles, sans définir en toute indépendance notre position.

Compte tenu du fait que je serai moi-même de toute façon à Bruxelles dès le 15 avril avec quelques camarades nord-africains, je pense que le compromis que je vous propose est le plus avantageux pour tout le monde.

J'attends votre réponse, et vous prie de recevoir, Monsieur, mes salutations distinguées.

Le 30 mars 1955   MOHAMED DAHOU

De l'I. L. à Dutilleul, Bruxelles

Monsieur,

Quatre jours après vous avoir envoyé une lettre qui demandait une réponse immédiate, nous sommes obligés de constater que les conditions primordiales de l'accord passé entre nous ne sont toujours pas remplies.

Si le texte qui vous effraie n'est pas publié, il est évident que nous n'exposerons pas dans des galeries où se vend habituellement la marchandise la plus mélangée. Vous avez l'air d'ignorer qu'il y a, entre nous et un médiocre comme Camus, quelque distance.

Prenez immédiatement vos responsabilités. Vous ne pensez pas sérieusement obtenir nos métagraphies par des subtilités de maquignon?

Le 4 avril 1955

pour l'Internationale lettriste :
JACQUES FILLON.

Carte des éditions Dutilleul, non datée, non signée.
Cachet postal de Bruxelles en date du 5 avril.

gmd DUTILLEUL accuse favorable réception de votre billet mais ne peut vous satisfaire ! La notoriété et la présentation publicitaire habituelle de ses galeries ne peuvent lui permettre la publication d'un texte ; il vous prie de constater ce fait. Par conséquent, afin de ne pas retarder encore, il fera réaliser, selon le contrat, des invitations et des affichettes habituelles. — Si vous vouliez diffuser d'autres textes vous pouvez, évidemment, vous adresser chez un imprimeur, son atelier graphique et d'éditions n'accepte pas de commandes de labeur.

De l'I. L. à Dutilleul, Bruxelles

Stupide Dutilleul,

En imaginant que tes expositions pourraient se faire dans les conditions que nous avons rejetées, tu viens de donner ta mesure.
Les morveux comme toi, qui veulent réussir, doivent être plus adroits.
Il n'y aura pas d'exposition.

Le 7 avril 1955

pour l'Internationale lettriste :
G.-E. DEBORD, JACQUES FILLON.

Une lettre à Léonard Rankine

Cher camarade,

En réponse à deux lettres pressantes de nos amis, cette canaille de Dutilleul vient de nous faire parvenir un billet d'une stupéfiante insolence : il refuse absolument d'imprimer le texte que vous savez ; il nous avise que ce que nous pourrions éditer nous-mêmes à ce propos ne saurait être diffusé par ses services — et, de plus, malgré l'alternative que nous lui avions clairement posée, il déclare que cette exposition se fera comme il l'entend à la date prévue.
Devant cette manifestation qui ne relève plus du bluff tolérable mais de la psychopathologie, nous sommes obligés de répondre à l'instant par un mot de rupture aussi injurieux qu'il convient.
Croyez bien que nous sommes désolés, surtout à propos de vous, de la surprenante tournure prise par cette affaire. Recevez nos plus cordiales salutations.

Le 7 avril 1955

G.-E. DEBORD, JACQUES FILLON

De G.-M. Dutilleul à Internationale lettriste, *Potlatch*, 32 rue de la Montagne-Geneviève, Paris, V[e]

7 avril 1955

Messieurs,

J'accuse favorable réception de votre lettre de ce 4 avril, qui vient de me parvenir.

...   *La suite au prochain numéro*

Rédacteur en chef : Gil J Wolman, 32 rue de la Montagne-Geneviève, Paris 5e.

Bulletin d'information du groupe français de l'Internationale lettriste

potlatch

mensuel **20** 30 mai 1955

MAI 1955, LA PRESSE
RÉPUBLICAINE S'ATTENDRIT
SUR LE RÉPUGNANT CADAVRE
DE MARIE-ANTOINETTE

« L'indulgence est pour les conspirateurs, et la rigueur est pour le peuple. On semble ne compter pour rien le sang de 200 000 patriotes répandu et oublié. »

SAINT-JUST,
Rapport du 8 ventôse, an II.

DUTILLEUL
CONTRE L'INTERNATIONALE
LETTRISTE

Suite de la troisième lettre de Dutilleul,
du 7 avril 1955

...

Je regrette vivement de ne pouvoir vous suivre et accepter vos conditions fantaisistes. Croyez bien que les écarts de langage et le manque de considération que vous avez pour notre confrère français Albert Camus ne changeront en rien notre fonctionnement habituel. — Par conséquent, je dois vous faire savoir *d'une façon définitive* que notre contrat d'exposition doit prévoir la publicité selon nos conventions habituelles; que ce contrat ne peut prévoir l'impression ou la diffusion de commentaire. Votre lettre précédente me demandait de réaliser ces imprimés et de vous les facturer en plus. Je vous donnais à savoir que nous n'acceptions pas de travaux extérieurs et que vous pouviez passer commande à un imprimeur. Je ne puis que vous redire ces données. Dès lors, nous réalisons, selon notre contrat, des invitations courantes et des affichettes. — D'autre part, nous ne pouvons considérer ce fait comme vous autorisant à ne pas exposer. Je vous prie donc, tout en transmettant en garantie votre dossier à notre syndicat, de considérer les dates d'exposition de notre contrat et de les appliquer. — Croyez bien que je serais heureux de présenter ces expositions, mais je regrette votre position indéfendable ; j'espère que vous voudrez considérer la présente comme réelle. Je vous prie de croire, Messieurs, à l'assurance de mes meilleurs sentiments.

GEORGES-MARIE DUTILLEUL
D^r Gl

De G.-M. Dutilleul. — à l'Internationale lettriste, 32 rue de la Montagne-Geneviève, Paris 5e, France

9 avril 1955

Messieurs,

J'accuse réception de votre billet de ce 7 avril 1955. Je regrette que vous ne pouviez (le style, c'est l'homme — note de *Potlatch*) exposer et que votre avis me parvienne la veille du vernissage de l'exposition ce qui, sans conteste, me cause un préjudice réel. Le contrat que vous avez signé reste valable en tout, dès lors, que vous exposiez ou non, la période retenue est vôtre. Je vous prie néanmoins de m'avertir trois jours auparavant de l'arrivée éventuelle de vos matériaux. En annexe, j'ai l'honneur de vous transmettre la facture pro-format relative à vos contrats, facture que vous voudrez bien liquider selon nos conditions. Je vous prie de croire, Messieurs, à l'assurance de ma considération,

GEORGES-MARIE DUTILLEUL

Suite à une communication de la Chancellerie de France et de sa Section consulaire auprès des-

quelles notre Syndicat a présenté le rapport de vos agissements et nos contrats, je tiens à vous faire savoir que si la facture annexée n'était pas prise en considération dans les six jours, la Chancellerie de France communiquerait au Conseiller commercial de l'Ambassade de Belgique à Paris ces documents en vue d'assignation immédiate et de plainte de police par huissier, frais à votre charge s'élevant à 780 francs belges en sus.
La présente réalisée en triple exemplaire et enregistrée à Bruxelles le 9 avril 1955.

lu et approuvé
illisible

UN DERNIER MOT

On conçoit que l'industrieux Dutilleul, frustré des bénéfices qu'il escomptait réaliser sur les ventes lorsqu'il nous offrit gratuitement ses galeries, veuille balancer ce manque à gagner en facturant au prix fort la note de frais des invitations qui n'ont pas servi.

On retiendra toutefois comme l'élément instructif de la prose peu claire de Dutilleul le fait que M. Albert Camus s'y trouve nommément désigné comme étant un « confrère français » de cette sorte d'huissier d'avant-garde, tenace mais *impayé*. Ajoutons que nous ne croyons pas avoir manqué de considération envers l'auteur de *L'Homme révolté* en déclarant qu'il est un médiocre, prêt à se produire sur tous les tréteaux. Tout le monde sait cela. Depuis le 14 mai, il écrit même dans *L'Express.*

> *pour Potlatch :*
> MICHÈLE BERNSTEIN, J. FILLON.

RÉDACTION DE NUIT

Le tract « Construisez vous-mêmes une petite situation sans avenir » est actuellement apposé sur les murs de Paris, principalement dans les lieux psychogéographiquement favorables.

Ceux de nos correspondants qui auront pris plaisir à coller ce tract peuvent en réclamer d'autres à la rédaction de *Potlatch*.

L'ARCHITECTURE ET LE JEU

Johan Huizinga dans son *Essai sur la fonction sociale du jeu* établit que « ... la culture, dans ses phases primitives, porte les traits d'un jeu, et se développe sous les formes et dans l'ambiance du jeu ». L'idéalisme latent de l'auteur, et son appréciation étroitement sociologique des formes supérieures du jeu, ne dévalorisent pas le premier apport que constitue son ouvrage. Il est vain, d'autre part, de chercher à nos théories sur l'architecture ou la dérive d'autres mobiles que la passion du jeu.

Autant le spectacle de presque tout ce qui se passe dans le monde suscite notre colère et notre dégoût, autant nous savons pourtant, de plus en plus, nous amuser de tout. Ceux qui comprennent ici que nous sommes des ironistes sont trop simples. La vie autour de nous est faite pour obéir à des nécessités absurdes, et tend inconsciemment à satisfaire ses vrais besoins.

Ces besoins et leurs réalisations partielles, leurs compréhensions partielles, confirment partout nos hypothèses. Un bar, par exemple, qui s'appelle *Au bout du monde*, à la limite d'une des plus fortes unités d'ambiance de Paris (le quartier des rue Mouffetard-Tournefort-Lhomond), n'y est pas par hasard. Les événements n'appartiennent au hasard que tant que l'on ne connaît pas les lois générales de leur catégorie. Il faut travailler à la prise de conscience la plus étendue des éléments qui déterminent une situation, en dehors des impératifs utilitaires dont le pouvoir diminuera toujours.

Ce que l'on veut faire d'une architecture est une ordonnance assez proche de ce que l'on voudrait faire de sa vie. Les belles aventures, comme on dit, ne peuvent avoir pour cadre, et origines, que les beaux quartiers. La notion de beaux quartiers changera.

Actuellement déjà on peut goûter l'ambiance de quelques zones désolées, aussi propres à la dérive que scandaleusement impropres à l'habitat, où le régime enferme cependant des masses laborieuses. Le Corbusier reconnaît lui-même, dans *L'urbanisme est une clef*, que, si l'on tient compte du misérable individualisme anarchique de la construction dans les pays fortement industrialisés, «... le sous-développement peut être tout autant la conséquence d'un *superflu* que celle d'une *pénurie*». Cette remarque peut naturellement se retourner contre le néo-médiéval promoteur de la «commune verticale».

Des individus très divers ont ébauché, par des démarches apparemment de même nature, quelques architectures intentionnellement déroutantes, qui vont des célèbres châteaux du roi Louis de Bavière à cette maison de Hanovre, que le dadaïste Kurt Schwitters avait, paraît-il, percée de tunnels et compliquée d'une forêt de colonnes d'objets agglomérés. Toutes ces constructions relèvent du caractère baroque, que l'on trouve toujours nettement marqué dans les essais d'un art intégral, qui serait complètement déterminant. À ce propos, il est significatif de noter les relations entre Louis de Bavière et Wagner, qui devait lui-même rechercher une synthèse esthétique, de la façon la plus pénible et, somme toute, la plus vaine.

Il convient de déclarer nettement que si des manifestations architecturales, auxquelles nous sommes conduits à accorder du prix, s'apparentent par quelque côté à l'art naïf, nous les estimons pour tout autre chose, à savoir la concrétisation de forces futures inexploitées d'une discipline économiquement peu accessible aux «avant-gardes». Dans l'exploitation des valeurs marchandes bizarrement attachées à la plupart des modes d'expression de la naïveté, il est impossible de ne pas reconnaître l'étalage d'une mentalité formellement réactionnaire, assez apparentée à l'attitude sociale du paternalisme. Plus que jamais, nous pensons que les hommes qui méritent quelque estime doivent avoir su répondre à tout.

Les hasards et les pouvoirs de l'urbanisme, que nous nous contentons actuellement d'utiliser, nous ne cesserons pas de nous fixer pour but de participer, dans la plus large mesure possible, à leur construction réelle.

Le provisoire, domaine libre de l'activité ludique, que Huizinga croit pouvoir opposer en tant que tel à la «vie courante» caractérisée par le sens du devoir, nous savons bien qu'il est le seul champ, frauduleusement restreint par les tabous à prétention durable, de la vie véritable. Les comportements que nous aimons tendent à établir toutes les conditions favorables à leur complet développement. Il s'agit maintenant de faire passer les règles du jeu d'une convention arbitraire à un fondement moral.

GUY-ERNEST DEBORD

« LES MÉCANISMES
DE LA FASCINATION »

Le 10 mai, Mohamed Dahou, entrant par inadvertance à la Galerie Craven comme on y présentait une exposition de trente peintres abstraits, eut la surprise de reconnaître dans l'assistance un certain nombre de policiers en bourgeois.
Il sortit aussitôt, non sans avoir mis en garde les personnes présentes.

BELGIQUE, PETITE AMÉRIQUE

Ce ne sont pas les J.G.S. effervescents et malappris, ni les sournois lecteurs de *L'Observateur*, ralliés au P.S.B. « parce qu'il n'y a que là qu'on puisse faire quelque chose », qui pourront influencer ou seulement tendre à gauchir l'orientation d'un parti socialiste qui n'est plus que le parti de millions de fesses d'épiciers, tiraillés entre le doublon coopératif ou la carte syndicale, entre l'espoir d'une « permanence » et la pension à 75 % du salaire moyen.

Au meeting du premier mai à Liège, André Renard, secrétaire national de la F.G.T.B. — l'analogue de F.O. en France, mais avec plus d'omnipotence et moins de souplesse — a lancé un appel incendiaire à la grève générale pour le 11 juin prochain en vue de contrecarrer la manifestation sociale chrétienne prévue ce jour-là contre les projets Collard, qui portent atteinte, bien faiblement, à l'enseignement confessionnel. Ce Renard, qui se prend pour John Lewis, comme le moindre lainier de Verviers ou le plus microscopique industriel de la Basse-Meuse, se donna des airs à la Pierpont Morgan, a fait la preuve de son « révolutionnarisme » de salon lors de la grève de 1950, à propos de la liquidation de l'affaire royale. En ce temps-là, parlant du siège de la F.G.T.B. aux ouvriers venus dans les rues de Liège, il les renvoya chez eux, les assurant du départ de Léopold III qui, depuis lors, vit au palais de Laeken... Il est vrai qu'aujourd'hui la « question scolaire » offre l'avantage d'opérer le détournement de la force syndicale et d'enterrer le fameux plan des nationalisations, impossible à réaliser sous le gouvernement actuel socialo-libéral, mais qui pourrait être, s'il était mis en action, le prélude d'une unité d'action efficace entre la F.G.T.B. et les organisations syndicales chrétiennes. La question scolaire divise les forces ouvrières au profit de la seule majorité anticléricale, majorité où la réaction libérale se taille encore un beau crépuscule.

L. RANKINE

Message personnel

À l'inconnu de la rue du Tage. Faut-il aller te chercher ?

Rédacteur en chef : M. Dahou, 32 rue de la Montagne-Geneviève, Paris, 5ᵉ.

Bulletin d'information du groupe français de l'Internationale lettriste

potlatch

mensuel   30 juin 1955

21

LE GRAND CHEMIN
QUI MÈNE À ROME

L'intérêt et les discussions soulevés presque partout par le film de Federico Fellini *Le Grand Chemin* (*La Strada*) ne se conçoivent que dans la perspective d'un extrême appauvrissement simultané du Cinéma et de l'intelligence critique des intellectuels bourgeois.

Les uns veulent y voir un nouveau néo-réalisme, comme on dit une Nouvelle-nouvelle Revue Française ; d'autres pâment d'admiration en reconnaissant une sorte de sous-produit des mimiques de Chaplin dans le personnage de Gelsomina ; presque tous sont aveugles à propos des répugnantes intentions idéalistes d'un film qui constitue une apologie de la misère matérielle et de tous les dénuements, une invitation à la résignation particulièrement bien venue *politiquement* dans l'Italie d'aujourd'hui où le chômage, les bas salaires et cette salope de Pie XII exercent une action conjuguée pour créer en série le personnage de Zampano.

On sait bien que l'idéalisme mène toujours à l'Église, ou aux divers succédanés qui la remplacent dans les superstructures de la société actuelle. Dans le cas de Fellini la chose est si claire qu'il en convient lui-même sans rougir : « Je sais bien qu'une idée pareille risque de n'être pas bien accueillie en une époque où l'on préfère donner comme remède aux souffrances actuelles seulement des solutions abstraites, mais, après *La Strada*, j'espère qu'une fois encore, les solutions humaines et spirituelles seront bien reçues », déclare-t-il le 14 juin à un correspondant du *Figaro* à Rome, pour préparer la récidive annoncée sous le titre *Il Bidone*, et il ne craint pas d'en rajouter : «... Et le film s'achèvera sur la présomption d'un autre enfer imminent *post mortem*. J'aimerais que, après avoir vu ce film, les hommes se trouvent davantage prédisposés au bien. »

L'évidence n'empêche même pas un crétin comme Robert Benayoun — déjà capable, en octobre 1954, de signer le tract « Familiers du Grand Truc » par lequel ses amis, alors surréalistes, nous signalaient à l'attention de la police — d'écrire dans le n° 13 de *Positif* :

« *La Strada* a été pris par quelques-uns pour un film chrétien, sous prétexte qu'une scène s'y passe dans un couvent. Le fou rire me prend devant cette méprise. »

Rideau.

DE L'AMBIANCE SONORE DANS UNE CONSTRUCTION PLUS ÉTENDUE

De l'inspiration originelle et simultanée des primitifs à la symphonie conditionnée, l'art musical a exploité toutes les veines instrumentales.

Mais, tels les arts majeurs, la musique n'a su éviter l'empirisme : phases de transcription et d'imitation (les éléments déchaînés, vent, océan, etc., l'arche de Noé, et plus récemment les multiples pseudo-reproductions du matériel ferroviaire), plaisanteries qui perdirent tout leur sel à l'apparition du premier phonographe, puisque dès lors s'offrait la possibilité d'entendre de vrais animaux ou une vraie locomotive, si l'on tenait vraiment à en entendre, au lieu de tenter de l'exprimer d'une manière plus ou moins confuse.

Le retour aux primitifs, en faisant appel à certaines formes de jazz, paracheva la décadence ; depuis Satie la musique survivait en tant que distraction facile, ou en tant que métier. Mais la faillite arriva à un stade tel que l'on assista à une course aux nouveaux instruments, ou le plus souvent à la complication de ceux existant. La progression artistique, au lieu de s'effectuer dans le sens de la création simultanée, s'était abâtardie par des apports médiocres tendant à la spécialisation.

Il faut dès le commencement des notions plus subtiles. La création consiste dans la recherche des sujets accessibles aux nouveaux matériaux, c'est-à-dire dans la trouvaille de prétextes inusités. La composition réside dans la poursuite des expressions futures, plus proches des sujets qui, de ce fait, sauront les exprimer plus activement.

L'élaboration assumera l'acquisition de sons inouïs. Il y aura la faculté d'écouter, parce que l'attention ne devra plus se fixer pour la compréhension, mais pour saisir la beauté jusque-là restée hermétique. Aux entités musicales habituelles succéderont des séquences syncopées mettant en valeur des vibrations choisies pour leur cadence, leur intensité, ou leur timbre. La cohérence harmonique et le synchronisme aisé sont autant de facteurs parasitaires qu'il faudra abolir. Mais est-ce de la musique ? Telle sera la question posée, la nouveauté apportant chaque fois avec elle ce sentiment de violation, de sacrilège — ce qui est mort est sacré, mais ce qui est neuf, c'est-à-dire différent, voilà qui est pernicieux.

Non, ce n'est plus de la musique. Le règne du cornet à piston a pris fin en même temps que celui du tailleur de pierre.

La différence entre les arts augmente la confusion. Aussi ne distinguera-t-on plus les arts forts, mais un art maître les absorbant : l'art du béton par exemple. Dans le même ordre la nouvelle architecture déterminera une plastique sonore (par l'emploi des ondes moléculaires) qui s'identifiera au décor. On assistera alors à la découverte de climats bouleversants.

L'art n'est plus une belle chose rendue par des moyens, mais de beaux moyens qui rendent occasionnellement quelque chose.

JACQUES FILLON

LA GLOIRE ET LE BAVEUX

L'échotier Jean-François Devay ayant insinué dans *Paris-Presse* qu'un roman publié dernièrement aux éditions Gallimard par un jeune auteur « ... pourrait bien être l'œuvre honteuse d'un de ses copains lettristes », nous signalons que ce bruit est, lui aussi, dénué de tout fondement.

Nous tenons la très grande majorité des « œuvres » qui paraissent actuellement en France pour effectivement assez « honteuses ». Nous n'avons aucune relation avec les gens qui ne pensent pas comme nous.

L'étalage d'un tel fanatisme semble inspirer à l'infini des petits mensonges qui tiennent peut-être lieu de revanche?

LE BŒUF GRAS

Plus que jamais soucieux d'imiter en toute chose nos singuliers contemporains, et très frappés par leur obstination à se glorifier mutuellement, les collaborateurs de la revue *Les Lèvres Nues* se sont constitués en jury afin de décerner mensuellement un nouveau prix : Le Prix de la Bêtise Humaine.

Ce prix sera attribué après coup à tout homme ou toute femme ayant témoigné par quelque mode d'expression ou quelque action que ce soit d'un effort assidu pour se maintenir à l'ombre de l'intelligence.

Le prix étant purement honorifique, il ne sera souillé d'aucune opération de caractère pécuniaire.

Les lauréats seront régulièrement proposés aux faveurs du public par la voie de la presse.

Déjà, le 1er juin 1955, réuni en séance solennelle, le jury a décidé à l'unanimité de décerner le premier prix de la Bêtise Humaine, à titre *ex aequo*, à

Monsieur André Malraux
pour l'ensemble de son œuvre esthétique, et à
Monsieur le roi Baudouin
pour son voyage au Congo («belge»).

LA BIBLE EST LE SEUL SCÉNARISTE QUI NE DÉÇOIVE PAS CECIL B. DE MILLE

Personne ne se souvient de la projection de quelques films lettristes en 1952, la censure y ayant mis à l'instant bon ordre. Nous cesserons désormais de le regretter puisque tout le monde peut voir le dernier film de M. Norman Mac Laren qui, d'après ses déclarations, paraît en avoir repris l'essentiel de la présentation formelle. Venant à la fin d'une longue carrière toute de labeur et de dévouement à la cause des films éducatifs de l'U.N.E.S.C.O., *Blinkity Black* a valu à son créateur l'admiration méritée d'un 8e Festival de Cannes qui fut, à ce détail près, aussi morne que prévu. Et, nous-mêmes, nous le félicitons chaleureusement de nous apporter la preuve de ce que, malgré les interdictions diverses, les plus scandaleuses innovations font leur chemin jusqu'au sein des organismes officiels de la propagande de nos ennemis.

«Cette fois, au lieu de peindre sur pellicule transparente, j'ai utilisé une bande complètement noire, sur laquelle j'ai gravé des images à l'aide d'un couteau, d'une aiguille à coudre et d'une lame de rasoir. Par la suite, je les ai coloriées à la main avec des peintures cellulosiques... Rejetant la méthode visuelle qui fait d'un film une suite automatique et inexorable de vingt-quatre images par seconde, j'ai éparpillé sur la bande opaque qui se trouvait devant moi, une image ici, une image là, laissant délibérément noire la plus grande partie du film. » (Déclaration de Norman Mac Laren, citée par M. Maurice Thiard, dans *Le Progrès*, le 5 mai 1955.)

LES DERNIERS JOURS
DE POMPÉI

Si l'exposition des monnaies gauloises de la rue d'Ulm a excité l'indignation des nationalistes les plus bornés, dont les Gaulois étaient auparavant la propriété exclusive, elle avait cependant été montée dans le seul but de combattre le réalisme-socialiste, issu de la tradition plastique gréco-latine, en lui opposant une certaine conception de l'art moderne-éternel, incomplètement figuratif, que les initiés peuvent reconnaître dans la décoration des cavernes, les poupées Hopis, les monnaies gauloises et les plus récentes théories de M. Charles Estienne.

Dédé-les-Amourettes, toujours à l'affût d'un casse idéologique facile, était naturellement engagé. Avec l'espoir de redorer sa raison sociale par une nouvelle dose de primitivisme. On sait que le primitivisme est pour lui ce que Bogomoletz est pour d'autres.

La construction dualiste qui cherche à opposer une « tendance éternelle » de l'art à une autre est aussi bête que l'ensemble de la pensée occultiste, également chère aux mêmes personnes.

Comme le plus plat traditionalisme, le plus artificiel irréalisme étaient déjà l'apanage de la théorie réaliste-socialiste, les deux mauvaises causes sont à présent en lutte sur le même terrain, avec les mêmes armes, qui sont précisément celles de l'idéalisme petit-bourgeois. Chacun défend fièrement l'ancienneté et l'éternité de ses normes.

On peut en juger par l'article de M. Pierre Meren (« Opération Art Gaulois ») dans le numéro 65 de *La Nouvelle Critique*. Pour M. Meren toutes les tentatives dites « modernes » rejoignent nécessairement les courants artistiques primitifs parce qu'elles témoignent de la même impuissance de l'homme devant un monde dont les ressorts lui échappent. Mais au lieu de se rendre compte que, si ces tentatives sont l'expression historiquement nécessaire d'une aliénation moderne de l'homme, leur dépassement ne sera rien d'autre qu'un art intégral au niveau des ressources qu'il s'agit aujourd'hui de se soumettre, Meren se borne à prescrire le remède qui s'est souverainement manifesté à Athènes et dans l'Europe de la Renaissance.

La même esthétique a d'ailleurs des références supplémentaires puisqu'elle a été la matière première de tous les sous-produits d'abrutissement artistique réservés au peuple par la bourgeoisie, depuis que celle-ci, obligée par les progrès de la technique à instruire ses futurs employés, a dû mettre au point la falsification de cette instruction, des manuels scolaires à la presse quotidienne.

Ces futilités, de gauche et de droite, seront vite corrigées par l'histoire. Ces entreprises ont ceci de commun que leur programme révèle à suffisance leur néant, et dispense même d'aller voir le travail.

À ce propos, il est bon d'avouer que nous ne sommes pas allés au Musée Pédagogique de la rue d'Ulm depuis mai 1952. À cette époque, faisant d'une pierre deux coups, nous nous y étions rendus après la manifestation contre Ridgway pour interrompre un ridicule Congrès de la Jeune Poésie — la dernière exhibition de ce genre dans Paris, à notre connaissance — et plusieurs cars de police appelés par la direction du Musée avaient été nécessaires pour défendre cette Jeune Poésie contre notre critique.

D'autres mauvais coups ont pu depuis lors choisir le même cadre officiel et pédagogique. On ne nous reverra plus dans ce bouge, quand bien même sa recherche de l'avant-garde irait jusqu'à exposer de la fausse monnaie utilisable.

MOHAMED DAHOU, G.-E. DEBORD

LA DÉRIVE PLUS LOIN

Durant la période des vacances *Potlatch* ne paraîtra qu'une seule fois, ses rédacteurs profitant de la raréfaction des habitants dans la capitale pour y poursuivre intensivement leurs recherches psychogéographiques.

« LE JOURNAL DES FAUX-MONNAYEURS »

« ... le *potlatch* est une grande cérémonie solennelle où l'un d'entre deux groupes dispense des présents à l'autre sur une grande échelle, avec force démonstrations et rites, et à seule fin de prouver ainsi sa supériorité sur celui-ci. L'unique, mais indispensable contre-prestation réside dans l'obligation pour l'autre partie de renouveler la cérémonie dans un intervalle donné et si possible, en renchérissant sur la précédénte ».

Extrait de *Homo Ludens,* Gallimard, 1951, collection « Les Essais ».

Rédacteur en chef : M. Dahou, 32 rue de la Montagne-Geneviève, Paris 5ᵉ.

Bulletin d'information de l'Internationale lettriste

potlatch

mensuel   9 septembre 1955

22

numéro des vacances

POURQUOI LE LETTRISME ?

1

La dernière après-guerre en Europe semble bien devoir se définir historiquement comme la période de l'échec généralisé des tentatives de changement, dans l'ordre affectif comme dans l'ordre politique.

Alors que des inventions techniques spectaculaires multiplient les chances de constructions futures, en même temps que les périls des contradictions encore non résolues, on assiste à une stagnation des luttes sociales et, sur le plan mental, à une réaction totale contre le mouvement de découverte qui a culminé aux environs de 1930, en associant les revendications les plus larges à la reconnaissance des moyens pratiques de les imposer.

L'exercice de ces moyens révolutionnaires s'étant montré décevant, de la progression du fascisme à la Deuxième Guerre mondiale, le recul des espoirs qui s'étaient liés à eux était inévitable.

Après l'incomplète libération de 1944, la réaction intellectuelle et artistique se déchaîne partout : la peinture abstraite, simple moment d'une évolution picturale moderne où elle n'occupe qu'une place assez ingrate, est présentée par tous les moyens publicitaires comme le fondement d'une nouvelle esthétique. L'alexandrin est voué à une renaissance prolétarienne dont le prolétariat se serait passé comme forme culturelle avec autant d'aisance qu'il se passera du quadrige ou de la trirème comme moyens de transport. Des sous-produits de l'écriture qui a fait scandale, et que l'on n'avait pas lue, vingt ans auparavant, obtiennent une admiration éphémère mais retentissante : poésie de Prévert ou de Char, prose de Gracq, théâtre de l'atroce crétin Pichette, tous les autres. Le Cinéma où les divers procédés de mise en scène anecdotique sont usés jusqu'à la corde, acclame son avenir dans le plagiaire De Sica, trouve du nouveau — de l'exotisme plutôt — dans quelques films italiens où la misère a imposé un style de tournage un peu différent des habitudes hollywoodiennes, mais si loin après S. M. Eisenstein. On sait, de plus, à quels laborieux remaniements phénoménologiques se livrent des professeurs qui, par ailleurs, ne dansent pas dans des caves.

Devant cette foire morne et rentable, où chaque redite avait ses disciples, chaque régression ses admirateurs, chaque *remake* ses fanatiques, un seul groupe manifestait une opposition universelle et un complet mépris, au nom du dépassement historiquement obligé de ces anciennes valeurs. Une sorte d'optimisme de l'invention y tenait lieu de refus, et d'affirmation au-delà de ces refus. Il fallait lui reconnaître, malgré des intentions très différentes, le rôle salutaire que Dada assuma dans une autre époque. On nous dira peut-être que recommencer un dadaïsme n'était pas une entreprise très intelligente. Mais il ne s'agissait pas de refaire un dadaïsme. Le très grave recul de la politique révolutionnaire, lié à l'aveuglante faillite de l'esthétique ouvrière affirmée par la même phase rétrograde, rendait au confusionnisme tout le terrain où il sévissait trente ans plus tôt. Sur le plan de l'esprit, la petite bourgeoisie est toujours au pouvoir. Après quelques crises retentissantes son monopole est encore plus étendu qu'avant : tout ce qui s'imprime actuellement dans le monde — que ce soit la littérature capitaliste, la littérature réaliste-socialiste, la fausse avant-garde formaliste vivant sur des formes tombées dans le domaine public, ou les agonies véreuses et théosophiques de certains mouvements émancipateurs de naguère — relève entièrement de l'esprit petit-bourgeois. Sous la pression des réalités de l'époque, il faudra bien en finir avec cet esprit. Dans cette perspective, tous les moyens sont bons.

Les provocations insupportables que le groupe lettriste avait lancées, ou préparait (poésie réduite aux lettres, récit métagraphique, cinéma sans images), déchaînaient une inflation mortelle dans les arts.

Nous l'avons rejoint alors sans hésitation.

2

Le groupe lettriste vers 1950, tout en exerçant une louable intolérance à l'extérieur, admettait parmi ses membres une assez grande confusion d'idées.

La poésie onomatopéique elle-même, apparue avec le futurisme et parvenue plus tard à une certaine perfection avec Schwitters et quelques autres, n'avait plus d'intérêt que par la systématisation absolue qui la présentait comme la seule poésie du moment, condamnant ainsi à mort toutes les autres formes, et elle-même à brève échéance. Cependant la conscience de la vraie place où il nous était donné de jouer était négligée par beaucoup au profit d'une conception enfantine du génie et de la renommée.

La tendance alors majoritaire accordait à la création de formes nouvelles la valeur la plus haute parmi toutes les activités humaines. Cette croyance à une évolution formelle n'ayant de causes ni de fins qu'en elle-même, est le fondement de la position idéaliste bourgeoise dans les arts. (Leur croyance imbécile en des catégories conceptuelles immuables devait justement conduire quelques exclus du groupe à un mysticisme américanisé.) L'intérêt de l'expérience d'alors était tout dans une rigueur qui, tirant les conséquences qu'un idiot comme Malraux ne sait ou n'ose pas tirer de prémisses foncièrement semblables, en venait à ruiner définitivement cette démarche formaliste en la portant à son paroxysme ; l'évolution vertigineusement accélérée tournant désormais à vide, en rupture évidente avec tous les besoins humains.

L'utilité de détruire le formalisme par l'intérieur est certaine : il ne fait aucun doute que les disciplines intellectuelles, quelle que soit l'interdépendance qu'elles entretiennent avec le reste du mouvement de la société, sont sujettes, comme n'importe quelle technique, à des bouleversements relativement autonomes, à des découvertes nécessitées par leur propre déterminisme. Juger tout, comme on nous y invite, en fonction du contenu, cela revient à juger des actes en fonction de leurs intentions. S'il est sûr que l'explication du caractère normatif et du charme persistant de diverses périodes esthétiques doit plutôt être cherchée du côté du contenu — et change dans la mesure où des nécessités contemporaines font que d'autres contenus nous touchent, entraînant une révision du classement des « grandes époques » —, il est non moins évident que les pouvoirs d'une œuvre dans son temps ne sauraient dépendre du seul contenu. On peut comparer ce processus à celui de la mode. Au-delà d'un demi-siècle, par exemple, tous les costumes appartiennent à des modes également passées dont la sensibilité contemporaine peut retrouver telle ou telle apparence. Mais tout le monde ressent le ridicule de la tenue féminine d'il y a dix ans.

Ainsi le mouvement « précieux », si longtemps dissimulé par les mensonges scolaires sur le XVIIe siècle, et bien que les formes d'expression qu'il ait inventées nous soient devenues aussi étrangères qu'il est possible, est en passe d'être reconnu comme le principal courant d'idées du « Grand Siècle » parce que le besoin que nous ressentons en ce moment d'un bouleversement constructif de tous les aspects de la vie retrouve le sens de l'apport capital de la Préciosité dans le comportement et dans le décor (la conversation, la promenade comme activités privilégiées — en architecture, la différenciation des pièces d'habitation, un changement des principes de la décoration et de l'ameublement). Au contraire, quand Roger Vailland écrit *Beau-Masque* dans un ton stendhalien, malgré un contenu presque estimable, il garde la seule possibilité de plaire par un pastiche, joliment fait. C'est-à-dire que, contrairement sans doute à ses intentions, il s'adresse avant tout à des intellectuels d'un goût périmé. Et la majorité de la critique qui s'attaque sottement au contenu, déclaré invraisemblable, salue l'habile prosateur.

Revenons à l'anecdote historique.

3

De cette opposition fondamentale, qui est en définitive le conflit d'une manière assez nouvelle de conduire sa vie contre une habitude ancienne de l'aliéner, procédaient des antagonismes de toutes sortes, provisoirement aplanis en vue d'une action générale qui fut divertissante et que, malgré ses maladresses et ses insuffisances, nous tenons encore aujourd'hui pour positive.

Certaines équivoques aussi étaient entretenues par l'humour que quelques-uns mettaient, et que d'autres ne mettaient pas, dans des affirmations choisies pour leur aspect stupéfiant : quoique parfaitement indifférents à toute survie nominale par une renommée littéraire ou autre, nous écrivions que nos œuvres — pratiquement inexistantes — resteraient dans l'histoire, avec autant d'assurance que les quelques histrions de la bande qui se voulaient « éternels ». Tous, nous affirmions en toute occasion que nous étions très beaux. La bassesse des argumentations que l'on nous présentait, dans les ciné-clubs et partout, ne nous laissait pas l'occasion de répondre plus sérieusement. D'ailleurs, nous continuons d'avoir bien du charme.

La crise du lettrisme, annoncée par l'opposition quasi ouverte des attardés à des essais cinématographiques qu'ils jugeaient de nature à les discréditer par une violence « inhabile », éclata en 1952 quand l'« Internationale lettriste », qui groupait la fraction extrême du mouvement autour d'une ombre de revue de ce titre, jeta des tracts injurieux à une conférence de presse tenue par Chaplin. Les lettristes-esthètes, depuis peu minoritaires, se désolidarisèrent après coup — entraînant une rupture que leurs naïves excuses ne réussirent pas à différer, ni à réparer dans la suite — parce que la part de création apportée par Chaplin dans le Cinéma le rendait, à leur sens, inattaquable. Le reste de l'opinion « révolutionnaire » nous réprouva encore plus, sur le moment, parce que l'œuvre et la personne de Chaplin lui paraissaient devoir rester dans une perspective progressiste. Depuis, bien des gens sont revenus de cette illusion.

Dénoncer le vieillissement des doctrines ou des hommes qui y ont attaché leur nom, c'est un travail urgent et facile pour quiconque a gardé le goût de résoudre les questions les plus attirantes posées de nos jours. Quant aux impostures de la génération perdue qui s'est manifestée entre la dernière guerre et aujourd'hui, elles étaient condamnées à se dégonfler d'elles-mêmes. Toutefois, étant connue la carence de la pensée critique que ces truquages ont trouvée devant eux, on peut estimer que le lettrisme a contribué à leur plus rapide effacement; et qu'il n'est pas étranger à ce fait qu'à présent un Ionesco, refaisant trente ans plus tard en vingt fois plus bête quelques outrances scéniques de Tzara, ne rencontre pas le quart de l'attention détournée il y a quelques années vers le cadavre surfait d'Antonin Artaud.

4

Les mots qui nous désignent, à cette époque du monde, tendent fâcheusement à nous limiter. Sans doute, le terme de « lettristes » définit assez mal des gens qui n'accordent aucune estime particulière à cette sorte de bruitage, et qui, sauf sur les bandes sonores de quelques films, n'en font pas usage. Mais le terme de « français » semble nous prêter des liens exclusifs avec cette nation et ses colonies. L'athéisme se voit désigner comme « chrétien », « juif » ou « musulman » avec une facilité déconcertante. Et puis il est notoire que c'est d'une éducation « bourgeoise » plus ou moins raffinée que nous tenons, sinon ces idées, du moins ce vocabulaire.

Ainsi, bon nombre de termes furent gardés, malgré l'évolution de nos recherches et l'usure — entraînant l'épuration — de plusieurs vagues de suiveurs : Internationale lettriste, métagraphie et autres néologismes dont nous avons remarqué qu'ils excitaient d'emblée la fureur de toutes sortes de gens. Ces gens-là, la condition première de notre accord reste de les tenir éloignés de nous.

On peut objecter que c'est, de notre part, propager une confusion arbitraire, stupide et malhonnête, parmi l'élite pensante ; celle dont un sujet vient souvent nous demander « ce que nous voulons au juste », d'un air intéressé et protecteur qui le fait à l'instant jeter dehors. Mais, ayant la certitude qu'aucun professionnel de la littérature ou de la Presse ne s'occupera *sérieusement* de ce que nous apportons avant un certain nombre d'années, nous savons bien que la confusion ne peut en aucun cas nous gêner. Et, par d'autres côtés, elle nous plaît.

5

Dans la mesure d'ailleurs où cette « élite pensante » de l'Europe d'aujourd'hui dispose d'une approximative intelligence et d'un doigt de culture, la confusion dont nous avons parlé ne tient plus. Ceux de nos compagnons d'il y a quelques années qui cherchent encore à attirer l'attention, ou simplement à vivre de menus travaux de plume, sont devenus trop bêtes pour tromper leur monde. Ils remâchent tristement les mêmes attitudes, qui se seront usées plus rapidement encore que d'autres. Ils ne savent pas combien une méthode de renouvellement vieillit vite. Prêts à tous les abandons pour paraître dans les « nouvelles nouvelles revues françaises », bouffons présentant leurs exercices bénévolement parce que la quête ne rend toujours pas, ils se lamentent de ne pas obtenir, dans ce fromage qui sent, *une place*, fût-ce celle d'un Étiemble — la considération, que l'on accorde même à Caillois —, les appointements d'Aron.

Il y a lieu de croire que leur dernière ambition sera de fonder une petite religion judéo-plastique. Ils finiront, avec de la chance, en quelconques Father Divine, ou Mormons de la création esthétique.

Passons sur ces gens, qui nous ont amusés autrefois. Les amusements qui attachent un homme sont l'exacte mesure de sa médiocrité : le base-ball ou l'écriture automatique, pour quoi faire ? L'idée de succès, quand on ne s'en tient pas aux désirs les plus simples, est inséparable de bouleversements complets à l'échelle de la Terre. Le restant des réussites permises ressemble toujours fortement au pire échec. Ce que nous trouvons de plus valable dans notre action, jusqu'à présent, c'est d'avoir réussi à nous défaire de beaucoup d'habitudes et de fréquentations. On a beau dire, assez rares sont les gens qui mettent leur vie, la petite partie de leur vie où quelques choix leur sont laissés, en accord avec leurs sentiments, et leurs jugements. Il est bon d'être fanatique, sur quelques points. Une revue orientaliste-occultiste, au début de l'année, parlait de nous comme « ... des esprits les plus brumeux, théoriciens anémiés par le virus du "dépassement", toujours à effet purement verbal d'ailleurs ». Ce qui gêne ces minables, c'est bien que l'effet n'en soit pas purement verbal. Bien sûr, on ne nous prendra pas à dynamiter les ponts de l'île Louis pour accentuer le caractère insulaire de ce quartier ni, sur la rive d'en face, à compliquer et embellir nuitamment les bosquets de briques du quai Bernard. C'est que nous allons au plus urgent, avec les faibles moyens qui sont nôtres pour l'instant. Ainsi, en interdisant à diverses sortes de porcs de nous approcher, en faisant très mal finir les tentatives confusionnistes, d'« action commune » avec nous, en manquant complètement d'indulgence, nous prouvons aux mêmes individus l'existence nécessaire du virus en question. Mais si nous sommes malades, nos détracteurs sont morts.

Puisque nous traitons ce sujet, autant préciser une attitude que certaines personnes, parmi les moins infréquentables, ont tendance à nous reprocher : l'exclusion de pas mal de participants de l'Internationale lettriste, et l'allure systématique prise par ce genre de pénalité.

En fait, nous trouvant amenés à prendre position sur à peu près tous les aspects de l'existence qui se propose à nous, nous tenons pour précieux l'accord avec quelques-uns sur l'ensemble de ces prises de position, comme sur certaines directions de recherche. Tout autre mode de l'amitié, des relations mondaines ou même des rapports de politesse nous indiffère ou nous dégoûte. Les manquements objectifs à ce genre d'accord ne peuvent être sanctionnés que par la rupture. Il vaut mieux changer d'amis que d'idées.

En fin de compte, le jugement est rendu par l'existence que les uns et les autres mènent. Les promiscuités que les exclus ont pour la plupart acceptées, ou réacceptées ; les engagements généralement déshonorants, et parfois extrêmes, qu'ils ont souscrits, mesurent exactement le degré de gravité de nos dissensions promptement résolues ; et peut-être aussi l'importance de notre entente.

Loin de nous défendre de faire de ces hostilités des questions de personnes, nous déclarons au contraire que l'idée que nous avons des rapports humains nous oblige à en faire des questions de personnes, surdéterminées par des questions d'idées, mais définitives. Ceux qui se résignent se condamnent d'eux-mêmes : nous n'avons aucunement à sévir ; rien à excuser.

Les disparus du lettrisme commencent à faire nombre. Mais il y a infiniment plus d'êtres qui vivent et qui meurent sans rencontrer jamais une chance de comprendre, et de tirer parti. De ce point de vue, chacun est grandement responsable des quelques talents qu'il pouvait avoir. Devrions-nous accorder à de misérables démissions particulières une considération sentimentale ?

6

À ce qui précède, on a dû comprendre que notre affaire n'était pas une école littéraire, un renouveau de l'expression, un modernisme. Il s'agit d'une manière de vivre qui passera par bien des explorations et des formulations provisoires, qui tend elle-même à ne s'exercer que dans le provisoire. La nature de cette entreprise nous prescrit de travailler en groupe, et de nous manifester quelque peu : nous attendons beaucoup des gens, et des événements, qui viendront. Nous avons aussi cette autre grande force, de n'attendre plus rien d'une foule d'activités connues, d'individus et d'institutions.

Nous devons apprendre beaucoup, et expérimenter, dans la mesure du possible, des formes d'architecture aussi bien que des règles de conduite. Rien ne nous presse moins que d'élaborer une doctrine quelconque : nous sommes loin de nous être expliqué assez de choses pour soutenir un système cohérent qui s'édifierait intégralement sur les nouveautés qui nous paraissent mériter que l'on s'y passionne.

On l'entend souvent dire, il faut un commencement à tout. On a dit aussi que l'humanité ne se pose jamais que les problèmes qu'elle peut résoudre.

GUY-ERNEST DEBORD,
GIL J WOLMAN

LA GAUCHE, À LA CRAVACHE

Le numéro spécial des *Temps Modernes* consacré à la Gauche, s'il consacre avant tout l'inexistence des tentatives de la Nouvelle Gauche style P.M.F., n'affirme pas pour cela l'avènement prochain d'un Front Populaire. Bien que ce numéro dépasse largement le niveau anormalement moyen qui était devenu le critère de cette revue, il ne rappelle que de loin en loin la belle époque des années 1947-1949. Zélée, subtile, Simone de Beauvoir, dans un article qui ne prend aucun risque, s'en prend à la pensée de droite et à ce qu'on pourrait appeler « le non-avenir » de la bourgeoisie. Là-dessus, il n'est personne qui contredise en quoi que ce soit la romancière (à peine) des *Mandarins*. Les définitions ayant pour objet « l'homme de gauche », qu'elles soient le fruit de Lanzmann, Mascolo ou J. Pouillon, n'apportent rien qui doive surprendre un bon esprit radical. À tout prendre, l'opposition que discerne Mascolo entre « l'homme de gauche » et le révolutionnaire ne pourra-t-elle effrayer qu'un certain nombre d'intellectuels ralliés à la notion sentimentale de la révolution ; et parmi eux bon nombre d'anciens surréalistes, radicaux, etc. C'est encore le communiste Desanti qui, sur ce point, donne le plus de précisions, son article n'étant pas exempt de ce mépris avec lequel tout communiste considère l'opinion proche de la sienne comme étant la plus sujette à caution.

Il appartenait à Péju de nous donner un article sibyllin à un point tel qu'on aperçoit trop bien la manœuvre. En somme, il s'agit de donner tort à Trotsky parce que l'histoire elle-même a eu tort ou qu'il ne s'est pas trouvé (et ici le stalinisme ambiant de la revue paraît être tenu pour déjà « dépassé ») quelqu'un d'aussi génial que Lénine pour forcer l'histoire à lui donner raison. Évidemment, il peut être très intéressant de juger ainsi de l'histoire et des hommes qui l'ont faite mais, ce faisant, Péju ne sacrifie pas qu'à un jeu d'intellectuel. Sous prétexte de soulever une incarnation historique de la Gauche, son article réserve aussi l'avenir car, lecture faite, on n'en sait pas davantage sur la responsabilité réelle de Trotsky ou de Staline, ni lequel des deux aurait pu avoir raison historiquement, tant il est vrai que l'histoire n'est pas finie, ni celle de Trotsky ni celle de Staline. Ce qu'il convient de noter seulement, c'est le peu de cas fait par Péju de la notion d'engagement, pourtant si chère à J.-P. Sartre...

Pour le reste, l'analyse des tâches de la Gauche, si elle fait la place belle à des organisations d'intellectuels, ne repose que sur l'analyse des forces des différents partis. Nulle part il n'est trace d'un mouvement possible des masses ni d'une analyse réelle de leur situation. À lire ce numéro, le prolétariat n'apparaît que derrière les partis, comme l'instrument des partis de gauche, et naturellement du parti communiste. Ce qui permet le ralliement de cet inénarrable Claude Bourdet, les opinions « avancées » d'une Colette Audry appréhendant la réalité du mythe « blumiste », les prises de vue de Duverger, Sauvy, Lavau, etc. Le seul P. Naville garde quelque authenticité parmi ce concert d'augures, pour qui la transformation de la société ne peut être l'œuvre que d'un train omnibus. Et, tout compte fait, c'est encore à l'enquête menée par l'Institut français d'opinion publique qu'il faut se référer si l'on veut garder quelque enseignement critique de ce numéro. Là, au moins, les réponses n'ont pu être indiquées à l'avance... On n'en saurait affirmer autant de certains articles.

LÉONARD RANKINE

L'INSOLITE,
COMME D'HABITUDE

La réapparition de la revue *Bizarre* démontre plus clairement que d'autres publications du même genre, l'usure totale d'un état d'esprit qui a pu s'appeler, vers 1920, «l'esprit nouveau».

Quand, après le tarissement définitif des apports créateurs d'un mouvement d'idées, les exploitations commerciales elles-mêmes de ce mouvement, naturellement plus aptes à survivre quelque temps, en viennent à finir dans la *tromperie sur la marchandise*, le trait est tiré, il faut le voir.

La publicité de la revue *Bizarre,* pour ne rien dire de son titre, se réclame de l'insolite («Textes, photos et documents insolites», dit la réclame de l'éditeur Pauvert), c'est-à-dire de cette idée de la beauté annoncée par une célèbre formule d'Apollinaire qui n'a pas perdu aujourd'hui, sous d'autres angles, toute valeur agissante : «La surprise est le plus grand ressort nouveau.»

Il y a quelque chose de touchant dans les efforts de ces pauvres gens exploitant depuis si longtemps la même veine, usant toujours de la même façon de surprendre. Leurs rapports avec un certain public évoquent à la fois le trafic de stupéfiants (l'accoutumance à certaines plaisanteries, l'habitude créant le besoin) et la politesse besogneuse des salons provinciaux («Vous m'avez beaucoup surpris. La vingtième répétition de votre bon mot est toujours aussi surprenante... »). Il sont atteints d'un fétichisme de l'insolite, qu'ils ont besoin de reconnaître d'abord. Le reste des splendeurs et des malheurs du monde, de ses vérités, de ses étrangetés, les indiffère complètement. Tout ce qui n'est pas l'*insolite attendu* n'est rien.

On a déjà remarqué que toutes les «nouvelles» œuvres lancées à grand tapage par les tenants de cet esprit poussiéreux et nécrophage étaient en fait des exhumations des soldats inconnus des lettres d'avant la «grande guerre»: la loufoque *Nuit du Rose-Hôtel* dont l'auteur avait soixante-treize ans, ou *Le Voleur*, déterré par le même éditeur Pauvert, dont l'auteur est mort depuis trente et quelques années. Si Maurice Leblanc était resté inédit, on nous le révélerait aujourd'hui, à la lumière du Zen et de la Gnose, comme ayant échafaudé l'œuvre majeure du XXe siècle.

Dans ce numéro 1 de *Bizarre* on peut lire, comme particulièrement probant, cet article où l'un des rédacteurs croit atteindre à l'originalité en présentant la critique d'un film qu'il a vu en rêve. Ce trait révèle avant tout l'extraordinaire pauvreté des rêves même de ces gens-là, rêves qui ressemblent aux films les plus plats de la fin du Cinéma muet. Et démasque aussi dans quelles intentions réactionnaires ils font le procès de l'actuel Cinéma commercial.

Un autre, qui n'a sans doute jamais fréquenté que de jeunes cinéphiles, avance naïvement à propos du dernier film de Dassin que dans la société où nous sommes un gangster a une valeur révolutionnaire objectivement plus grande qu'un policier ou qu'un militaire !

Il faudrait surgir de bien loin, être par exemple un colon de l'extrême-sud du Maroc et n'avoir lu que feu Paul Chaack pour ressentir à la lecture de *Bizarre* une impression, fût-elle fugitive, d'insolite.

Cette hypothèse-limite mise à part, personne ne peut trouver dans *Bizarre* quelque chose qui soit, même à un très faible degré, surprenant — c'est-à-dire nouveau.

DE PLUS EN PLUS PRÉCIEUX

Toute activité lettriste organisée ayant maintenant cessé hors de France, *Potlatch* reste momentanément la seule publication périodique du mouvement. D'où son nouveau sous-titre.

LE ROULEUR
ET LE COMMISSAIRE

Le soir du 13 juillet, au café « Bonaparte » à Germain-des-Prés, Mohamed Dahou se trouva fortuitement en présence du Suisse Liardon, un des fondateurs, en octobre 1954, de l'ex-Groupe suisse de l'Internationale lettriste.

Sans plus attendre, Dahou traîna le provocateur jusqu'à la rue et entreprit de l'assommer.

Liardon, ayant inutilement hurlé devant plusieurs centaines de témoins que la responsabilité des événements de novembre 1954 incombait à on ne sait quels Suisses absents, chercha son salut dans la fuite.

Mohamed Dahou se jeta à sa poursuite, et l'aurait infailliblement rejoint au coin du boulevard Germain, si Liardon ne s'était placé sous la protection de policiers qui veillaient en cet endroit à la bonne marche de leur fête nationale.

Réfugié au commissariat de la rue de l'Abbaye, où il avait vainement essayé de faire incarcérer Dahou, Liardon refusa franchement d'en sortir par crainte d'autre mauvaise rencontre.

Peut-être y est-il encore à présent, ayant finalement trouvé sa voie, et sa carrière sociale ?

LA DIVISION DU TRAVAIL

Ayant remarqué combien le public cultivé s'intéresse aux différents métiers de l'auteur énumérés en tête de tout roman au goût du jour, nous croyons utile à notre bonne renommée de publier une liste collective, *et d'autant plus riche*, des métiers exercés épisodiquement par les théoriciens les plus en vue de l'Internationale lettriste :

Interprète, coiffeur, téléphoniste, enquêteur aux statistiques, tricoteur, réceptionniste, boxeur, employé aux écritures, agent immobilier, plongeur, représentant, facteur, chasseur d'Afrique, dactylographe, cinéaste, tourneur, répétiteur, manœuvre léger, secrétaire, tueur aux abattoirs, barman, sardinier.

LE COMBLE

Il est peu courant de penser que la presse communiste en France s'emploie à une propagande révolutionnaire, ou seulement à l'affirmation d'une politique conséquente.

Cependant on ne peut qu'être étonné de lire dans *L'Humanité-Dimanche* du 28 août 1955 l'article qu'André Verdet consacre à Picasso et à Clouzot, et qui s'élève aux sommets suivants : « Grave et beau comme une statue de l'antiquité, Dominguin ruisselait dans son habit de lumière chamarré. Trois hommes assistaient à la prière traditionnelle : Picasso, Clouzot et le soigneur de Dominguin. Pour les deux premiers, c'était un privilège rarement accordé (...). Pour l'instant, Picasso et Clouzot étaient silencieux ; *l'apparat mystique de la petite chambre transformée en chapelle les subjuguait.* Officiant et fidèle, Dominguin fit le signe de la croix... etc. »

La question se pose : devons-nous considérer Picasso et Clouzot, d'un point de vue moral, comme de tristes charognes bonnes à porter à quelque équarrissage — ou André Verdet comme un agent provocateur ?

Et dans tous les cas, la publication sans contrôle de telles ordures dans un hebdomadaire fort lu par la classe ouvrière n'est-elle pas capable, pour reprendre un mot que Sartre vient de mettre à la mode, de *désespérer Billancourt* plus subtilement que les éditoriaux de *L'Aurore* ou de *Combat* ?

> pour *Potlatch :*
> MICHÈLE BERNSTEIN, M. DAHOU,
> DEBORD, FILLON, L. RANKINE, VÉRA,
> GIL J WOLMAN.

Tous les textes publiés dans *Potlatch* peuvent être reproduits, imités, ou partiellement cités, sans la moindre indication d'origine.

Rédacteur en chef : M. Dahou, 32 rue de la Montagne-Geneviève, Paris 5e.

Bulletin d'information de l'Internationale lettriste

potlatch

mensuel **23** 13 octobre 1955

INTERVENTION LETTRISTE

PROTESTATION AUPRÈS DE LA RÉDACTION DU *TIMES*

Sir,

The *Times* has just announced the projected demolition of the Chinese quarter in London.

We protest against such moral ideas in town-planning, ideas which must obviously make England more boring than it has in recent years already become.

The only pageants you have left are a coronation from time to time, an occasional royal marriage which seldom bears fruit; nothing else. The disappearance of pretty girls, of good family especially, will become rarer and rarer after the razing of Limehouse. Do you honestly believe that a gentleman can amuse himself in Soho?

We hold that the so-called modern town-planning which you recommend is fatuously idealistic and reactionary. The sole end of architecture is to serve the passions of men.

Anyway, it is inconvenient that this Chinese quarter of London should be destroyed before we have the opportunity to visit it and carry out certain psychogeographical experiments we are at present undertaking.

Finally, if modernisation appears to you, as it does to us, to be historically necessary, we would counsel you to carry your enthusiasm into areas more urgently in need of it, that is to say, to your political and moral institutions.

Yours faithfully,

> *for « l'Internationale lettriste »* :
> MICHÈLE BERNSTEIN, G.-E. DEBORD,
> GIL J WOLMAN.

(Monsieur, le *Times* vient d'annoncer le projet de démolition du quartier chinois de Londres. Nous nous élevons contre une entreprise d'urbanisme moralisateur qui tend évidemment à rendre l'Angleterre plus ennuyeuse encore qu'elle ne le devenait récemment. Les seuls spectacles qui vous restent sont un couronnement de temps à autre, et les fiançailles plus fréquentes, mais généralement infructueuses, des premières demoiselles du Royaume. Les disparitions de jolies jeunes filles, de bonne famille par surcroît, se feront de plus en plus rares après l'effacement de Limehouse. Croyez-vous qu'un gentleman peut s'amuser à Soho ? L'urbanisme prétendu moderne dont vous vous recommandez, nous le tenons pour passager et rétrograde. Le seul rôle de l'architecture est de servir les passions des hommes. De toute façon, il est inconvenant de détruire ce quartier chinois de Londres avant que nous n'ayons eu le loisir de le visiter, et d'en établir l'expérimentation dans le sens des recherches psychogéographiques que nous poursuivons. Enfin, si la modernisation vous paraît, comme à nous, nécessaire, nous vous conseillons vivement de la porter au plus urgent, c'est-à-dire dans vos institutions politiques et morales. Veuillez croire, Monsieur, à l'assurance de notre parfaite considération.)

VIVE LA CHINE D'AUJOURD'HUI

Quelques jours après l'envoi de cette protestation on nous apprend d'Espagne que l'urbanisme franquiste, mû par les mêmes intentions moralisatrices, est en train de détruire le quartier chinois de Barcelone, dans lequel il a déjà pratiqué d'affreuses brèches. Contrairement au quartier chinois de Londres, le « Barrio Chino » de Barcelone était ainsi nommé pour des raisons purement psychogéographiques, et aucun Chinois ne l'avait jamais habité.

Jacques Fillon remplace à la direction de *Potlatch* Mohamed Dahou qui se dispose à sortir de Paris pour une durée indéterminée, en direction du Sud-Sud-Est.

LA MAISON À FAIRE PEUR

Une réunion lettriste en date du 20 septembre a décidé d'établir par plans et maquettes le modèle d'une «maison à faire peur». Le thème de cet exercice souligne suffisamment qu'il ne s'agit pas d'aboutir à une quelconque harmonie visuelle. Il est à noter cependant que si cette maison est étudiée volontairement en fonction d'un sentiment simple, sa conception devra tenir compte des nuances affectives convenant aux multiples *situations* qui peuvent réclamer un cadre effrayant.

VITE FAIT

Alexander Trocchi, jusqu'à ce jour rédacteur en chef de la revue d'avant-garde anglo-américaine *Merlin*, vient de démissionner de ce poste, pour affirmer son adhésion au programme de l'Internationale lettriste. Il a immédiatement mis tous ses amis en demeure de choisir, et a procédé fermement aux nombreuses ruptures qui s'imposaient.

L'établissement collectif d'un plan psychogéographique de Paris et de ses environs a été activement poursuivi depuis un mois, par diverses observations et reconnaissances (Butte-aux-Cailles, Continent Contrescarpe, Morgue, Aubervilliers, désert de Retz).

Extraits d'une lettre à un camarade belge
le 14 septembre 1955

... Dans la même semaine, décidément littéraire, on nous a envoyé une revue *Phantomas*, qui est idiote, et il nous est tombé entre les mains le dernier numéro de *Temps Mêlés*. Cette revue est au-dessous de tout ce que j'imaginais. André Blavier aussi, du même coup. Il est presque incroyable, en plein vingtième siècle, que l'on écrive de pareilles choses...
De même que Blavier étend ses ravages dans *Phantomas*, un certain Michel Laclos, qui sévit dans *Temps Mêlés*, n'est autre que le rédacteur en chef de *Bizarre*, fort tirage probablement destiné à nos sous-préfectures du Sud-Ouest. Il est apparent qu'il existe une internationale de la connerie noire, dont nous commençons à voir les meneurs. D'ailleurs, tout ce qui se réclame de Queneau est à coller au mur à la première occasion. L'exploitation de Jarry par ces quelconques pataphysiciens est exactement aussi dégradante que les tentatives d'annexion du même par les catholiques. Dans cet étalage d'insignifiance insultante,

d'abjection morale, de pensée mangée aux mites, il faut bien dire que Blavier se détache nettement : c'est lui le plus tarte. Naturellement, il cessera de recevoir *Potlatch*. Autrement, cela pourrait donner à croire que nous faisons quelque crédit à l'intelligence d'un homme capable d'éditer de telles bassesses. Je suis content que nous ne nous soyons pas rencontrés lors de son dernier passage à Paris : en dix minutes de conversation, l'individu eût été démasqué. Et il est toujours fâcheux d'être obligé d'en venir aux injures, qui se ressemblent toutes, comme ces gens se ressemblent tous…

G.-E. DEBORD

Télégramme envoyé à M. Francis Ponge
le 27 septembre 1955

« Ah Ponge tu écris dans *Preuves*. Canaille nous te méprisons
Signé Internationale lettriste. »

Lettre à M. André Chêneboit, à la rédaction
du *Monde*

Monsieur, nous venons de lire dans *Le Monde* du 28 septembre vos réflexions sur l'arrestation de Robert Barrat. L'idée assez aventureuse, et pour tout dire « série noire », que vous semblez avoir du journalisme nous autorise à penser que vous accepteriez parmi « les risques qui font la grandeur de cette profession » celui d'une correction méritée — et «sans doute provisoire», comme vous dites.

Recevez, Monsieur, l'assurance du profond dégoût que vous nous avez inspiré aujourd'hui.

MICHÈLE BERNSTEIN, G.-E. DEBORD, JUAN FERNANDEZ, JACQUES FILLON

DU RÔLE DE L'ÉCRITURE

Les lettristes ont tenu une première réunion d'information pour arrêter les phrases qui, inscrites à la craie ou par quelque autre moyen dans des rues données, ajoutent à la signification intrinsèque de ces rues — quand elles en ont une.

Ces inscriptions devront étendre leurs effets depuis l'insinuation psychogéographique jusqu'à la subversion la plus simple. Les exemples qui suivent ont été choisis d'abord.

Pour la rue Sauvage (13e) : «Si nous ne mourons pas ici irons-nous plus loin ? » — pour la rue d'Aubervilliers (18e-19e) : «La révolution la nuit.» — pour la rue Benoît (6e) : «L'auto-bazar, que l'on dit merveilleux, ne vient pas jusqu'ici.» — pour la rue Lhomond (5e) : «Bénéficiez du doute.» — pour la rue Séverin (5e) : «Des femmes pour les kabyles.»

En outre, l'accord s'est fait sur l'opportunité d'inscrire à proximité des usines Renault, dans certaines banlieues, et en quelques points des 19ᵉ et 20ᵉ arrondissements, la phrase de L. Scutenaire : « Vous dormez pour un patron. »

PROJET D'EMBELLISSEMENTS RATIONNELS DE LA VILLE DE PARIS

Les lettristes présents le 26 septembre ont proposé communément les solutions rapportées ici à divers problèmes d'urbanisme soulevés au hasard de la discussion. Ils attirent l'attention sur le fait qu'aucun aspect constructif n'a été envisagé, le déblaiement du terrain paraissant à tous l'affaire la plus urgente.

Ouvrir le métro, la nuit, après la fin du passage des rames. En tenir les couloirs et les voies mal éclairés par de faibles lumières intermittentes.

Par un certain aménagement des échelles de secours, et la création de passerelles là où il en faut, ouvrir les toits de Paris à la promenade.

Laisser les squares ouverts la nuit. Les garder éteints. (Dans quelques cas un faible éclairage constant peut être justifié par des considérations psychogéographiques.)

Munir les réverbères de toutes les rues d'interrupteurs ; l'éclairage étant à la disposition du public.

Pour les églises, quatre solutions différentes ont été avancées, et reconnues défendables jusqu'au jugement par *l'expérimentation*, qui fera triompher promptement la meilleure :

G.-E. Debord se déclare partisan de la destruction totale des édifices religieux de toutes confessions. (Qu'il n'en reste aucune trace, et qu'on utilise l'espace.)

Gil J Wolman propose de garder les églises, en les vidant de tout concept religieux. De les traiter comme des bâtiments ordinaires. D'y laisser jouer les enfants.

Michèle Bernstein demande que l'on détruise partiellement les églises, de façon que les ruines subsistantes ne décèlent plus leur destination première (la Tour Jacques, boulevard de Sébastopol, en serait un exemple accidentel). La solution parfaite serait de raser complètement l'église et de reconstruire des ruines à la place. La solution proposée en premier est uniquement choisie pour des raisons d'économie.

Jacques Fillon, enfin, veut transformer les églises en *maisons à faire peur*. (Utiliser leur ambiance actuelle, en accentuant ses effets paniques.)

Tous s'accordent à repousser l'objection esthétique, à faire taire les admirateurs du portail de Chartres. La beauté, *quand elle n'est pas une promesse de bonheur,* doit être détruite. Et qu'est-ce qui représente mieux le malheur que cette sorte de monument élevé à tout ce qui n'est pas encore dominé dans le monde, à la grande marge inhumaine de la vie ?

Garder les gares telles qu'elles sont. Leur laideur assez émouvante ajoute beaucoup à l'ambiance de passage qui fait le léger attrait de ces édifices. Gil J Wolman réclame que l'on supprime ou que l'on fausse arbitrairement toutes les indications concernant les départs (destinations, horaires, etc.). Ceci pour favoriser la *dérive.* Après un vif débat, l'opposition qui s'était exprimée renonce à sa thèse, et le projet est admis sans réserves. Accentuer l'ambiance sonore des gares par la diffusion d'enregistrements provenant d'un grand nombre d'autres gares — et de certains ports.

Suppression des cimetières. Destruction totale des cadavres, et de ce genre de souvenirs : ni cendres, ni traces. (L'attention doit être attirée sur la propagande réactionnaire que représente, par la plus automatique association d'idées, cette hideuse survivance d'un passé d'aliénation. Peut-on voir un cimetière sans penser à Mauriac, à Gide, à Edgar Faure ?)

Abolition des musées, et répartition des chefs-d'œuvre artistiques dans les bars (l'œuvre de Philippe de Champaigne dans les cafés arabes de la rue Xavier-Privas ; le *Sacre*, de David, au Tonneau de la Montagne-Geneviève).

Libre accès illimité de tous dans les prisons. Possibilité d'y faire un séjour touristique. Aucune discrimination entre visiteurs et condamnés. (Afin d'ajouter à l'humour de la vie, douze fois tirés au sort dans l'année, les visiteurs pourraient se voir raflés et condamnés à une peine effective. Ceci pour laisser du champ aux imbéciles qui ont absolument besoin de courir un risque inintéressant : les spéléologues actuels, par exemple, et tous ceux dont le *besoin de jeu* s'accommode de si pauvres imitations.)

Les monuments, de la laideur desquels on ne peut tirer aucun parti (genre Petit ou Grand Palais), devront faire place à d'autres constructions.

Enlèvement des statues qui restent, dont la signification est dépassée — dont les renouvellements esthétiques possibles sont condamnés par l'histoire avant leur mise en place. On pourrait élargir utilement la présence des statues — pendant leurs dernières années — par le changement des titres et inscriptions du socle, soit dans un sens politique (*Le Tigre dit Clemenceau*, sur les Champs-Élysées), soit dans un sens déroutant (*Hommage dialectique à la fièvre et à la quinine*, à l'intersection du boulevard Michel et de la rue Comte ; *Les grandes profondeurs*, place du parvis dans l'île de la Cité).

Faire cesser la crétinisation du public par les actuels noms des rues. Effacer les conseillers municipaux, les résistants, les Émile et les Édouard (55 rues dans Paris, les Bugeaud, les Gallifet, et plus généralement tous les noms sales (rue de l'Évangile).

À ce propos, reste plus que jamais valable l'appel lancé dans le numéro 9 de *Potlatch* pour la non-reconnaissance du vocable *saint* dans la dénomination des lieux.

LE DERNIER DES SONDAGES D'OPINION EN VOGUE

QUE FEREZ-VOUS si des éléments militaires d'extrême droite se risquent à un coup d'État, dont les difficultés grandissantes du colonialisme français créent depuis peu les conditions favorables?

Rédacteur en chef : J. Fillon, 32 rue de la Montagne-Geneviève, Paris 5e.

Bulletin d'information de l'Internationale lettriste

potlatch

mensuel 24 novembre 1955

PANORAMA INTELLIGENT
DE L'AVANT-GARDE À LA FIN
DE 1955

URBANISME

À Paris, il est actuellement recommandé de fréquenter : la Contrescarpe (le Continent) ; le quartier chinois ; le quartier juif ; la Butte-aux-Cailles (le labyrinthe) ; Aubervilliers (la nuit) ; les squares du 7ᵉ arrondissement ; l'Institut médico-légal ; la rue Dauphine (Nesles) ; les Buttes-Chaumont (le jeu) ; le quartier Merri ; le parc Monceau ; l'île louis (l'île) ; Pigalle ; les Halles (rue Denis, rue du Jour) ; le quartier de l'Europe (la mémoire) ; la rue Sauvage.

Il est recommandé de ne fréquenter en aucun cas : les 6ᵉ et 15ᵉ arrondissements ; les grands boulevards ; le Luxembourg ; les Champs-Élysées ; la place Blanche ; Montmartre ; l'École Militaire ; la place de la République, l'Étoile et l'Opéra; tout le 16ᵉ arrondissement.

POÉSIE

La disparition presque totale de cette activité, sous la forme qu'on lui connaissait depuis ses débuts, disparition évidemment liée au dépérissement continu de l'esthétique, est un des phénomènes les plus marquants qui se produisent sous nos yeux. Durant ces dernières années, la poésie onomatopéique et la poésie néo-classique ont simultanément manifesté la dépréciation complète de ce produit.

Malgré l'attachement normal d'une société mourante à des expressions faisandées, il est à noter qu'aujourd'hui une revue sérieuse n'ose plus publier de poèmes. Quand elle s'y essaie, avec une évidente mauvaise conscience (voir un certain du Bouchet dans le n° 117 des *Temps Modernes*), les résultats se passent de commentaires.

Au nom du renouvellement progressiste de Coppée-Lamartine, Guillevic vient de prendre les risques d'une explication à la loyale («Expliquons-nous sur le sonnet» *Nouvelle Critique*, n° 68) qui fait éclater sa burlesque insuffisance. Passons sur l'aspect cocardier du panégyrique («notre sonnet» — «cette forme... n'est pas une création artificielle par hasard jetée par Marot, du Bellay, Ronsard et les autres. Si elle a été employée par eux, si elle a traversé plusieurs siècles, c'est bien qu'elle répond à des nécessités de l'esprit français »), puisque Guillevic a beau mentir, il vient trop tard, tout le monde sait que « nous » avons emprunté cette forme à l'Italie — et qu'à l'époque, des médiévaux attardés devaient en rester à la ballade, préférant, comme Guillevic aujourd'hui, « lutter contre l'envahissement de la culture cosmopolite ». Plus significative est la référence à « la vie d'un des hommes les plus sensibles, les plus nobles, les meilleurs, les plus grands que le monde ait connus » : on a peine à le croire, mais il s'agit de Louis Aragon. Dans ses lourdes tentatives pour conférer quelque dimension mythique à la vie d'Aragon, Guillevic va si loin au-delà de son talent qu'il arrive à gravement desservir son lugubre chef de file : « Je revois Aragon un certain soir de janvier 1954... J'entends son exclamation : *Elsa, il écrit des sonnets !* »

L'ensemble de l'argumentation est de la même encre. Reste de tant de vide que des gens qui se recommandent du matérialisme dialectique fondent toute leur malheureuse thèse sur l'exaltation inconditionnelle des « formes fixes ».

Les « formes fixes » — au sens de cadres répondant aux besoins d'un travail donné — qu'il convient maintenant de pratiquer, pourront être *momentanément* : le procès-verbal de dérive, le compte rendu d'ambiance, le plan de situation.

DÉCORATION

Projet de J. Fillon pour l'aménagement d'une salle de réception : les trois quarts de la salle, constituant la partie que l'on traverse en entrant par la seule porte du lieu, sont meublés élégamment et n'ont aucune destination précise. Au fond de la salle se dresse une barricade, qui en délimite la partie utile, égale au quart de la superficie totale. Cette barricade est on ne peut plus réelle, constituée de pavés, sacs de sable, tonneaux et autres objets consacrés par l'usage. Elle s'élève à peu près à hauteur d'homme, avec quelques points culminants et quelques brèches ébauchées. Plusieurs fusils chargés peuvent être posés dessus. Une étroite chicane livre accès à la partie utile de la pièce, également meublée avec goût, où tout est disposé pour recevoir agréablement les amis et connaissances.

Cette salle de réception, qui implique évidemment un éclairage et un fond sonore appropriés, peut servir à varier l'ordonnance d'une maison banale, et n'y introduire qu'un pittoresque superficiel. Mais sa vraie destination est de s'intégrer dans un complexe architectural étendu, où apparaît pleinement sa valeur déterminante pour la construction d'une *situation*.

EXPLORATIONS

Dans un proche avenir une équipe de lettristes, opérant à partir de la rue des Jardins-Paul, devra reconnaître entièrement le quartier Merri, jusqu'à présent omis sur les cartes psychogéographiques.

ADHÉREZ EN MASSE à l'Internationale lettriste. On en gardera quelques-uns.

JEUX ÉDUCATIFS

Récemment mise au point, « la discussion idéologique considérée comme match de boxe » semble promise à un brillant avenir dans l'élite intellectuelle, dont elle comble tous les besoins. (La discussion idéologique considérée comme match de boxe vous fera gagner de l'estime en perdant du temps.) En voici la règle :

Les deux adversaires et l'arbitre, dont la décision est souveraine, s'assoient à la même table, l'arbitre séparant les deux joueurs. Il a été convenu que le match se déroulerait en un certain nombre de rounds d'un minutage précis.

Après que l'arbitre ait annoncé l'ouverture du match, les deux adversaires s'observent un instant; puis celui qui choisit, le premier, l'offensive énonce une proposition quelconque sur un sujet qui lui paraît bon. L'autre répond, soit en niant hardiment le raisonnement qu'il vient d'entendre, soit en passant à d'autres affirmations sur un sujet voisin ou inattendu, soit même — ce qui est mieux — en combinant ces deux mouvements. L'arbitre veille à ce qu'un adversaire n'interrompe pas l'autre. Cependant, un usage trop prolongé de la parole fait perdre des points au maladroit. Le chronométreur annonce la fin du round par un signal adéquat qui interrompt à l'instant le discours.

L'arbitre déclare alors le round à l'avantage d'un des adversaires, ou éventuellement nul. Pendant le temps de repos, les supporters et les soigneurs apportent aux combattants des verres d'alcool ou des tasses de café (dans certains cas, des stupéfiants). La dispute recommence à l'ordre donné. Le K.O. est proclamé par l'arbitre quand un des adversaires, déconcerté par la violence ou la subtilité d'une attaque, se révèle incapable de poursuivre la discussion. Si cette issue n'intervient pas, le vainqueur est désigné à la fin, aux points, d'après le nombre de rounds où il a dominé. La mauvaise foi, même apparente, n'entraîne aucune pénalité.

On a déjà noté, parmi les sujets les plus courus : le Zen, la Nouvelle-Gauche, l'ontologie phénoménologique, Astruc, les Monnaies Gauloises, la censure, l'intelligence du jeu d'Échecs.

(Les lettristes, forcément gagnants, ne jouent pas à ce jeu.)

Il y a plusieurs années qu'on n'a pas vu un film qui apporte la moindre nouveauté. La production générale est si terne qu'un film banal, s'il est fait dans une perspective politique simplement sympathique (*Le Sel de la terre*), bouleverse la plupart des critiques, et fait dire de lui, contre toute vérité, qu'il restera comme une date cinématographique. Il est vrai qu'ici tant d'impératifs financiers et policiers règnent, qu'un film — dont les ressources sont très supérieures à celles du roman — a peu de chances d'atteindre le niveau intellectuel d'un bon roman de troisième ordre, du genre Raymond Queneau par exemple.

Dans ces conditions, le mieux est de ne plus s'inquiéter de l'état actuel de cet art. Dans les salles obscures que la *dérive* peut traverser, il faut s'arrêter un peu moins d'une heure, et interpréter en se jouant le film d'aventures qui passe : reconnaître dans les héros quelques personnages plus ou moins historiques qui nous sont proches, relier les événements du scénario inepte aux vraies raisons d'agir que nous leur connaissons, et à la semaine que l'on est soi-même en train de passer, voilà un divertissement collectif acceptable (voir la beauté du *Prisonnier de Zenda* quand on sait y nommer Louis de Bavière, J. Vaché sous les traits du comte Rupert de Rantzau, et l'imposteur qui n'est autre que G.-E. Debord). On peut aussi voir la série des aventures de l'admirable *Dents-Blanches*, dont l'utilisation actuelle, tout à fait négligeable, ne laisse pas de rappeler les vrais pouvoirs d'enseignement du cinéma.

Au cas où tout cela ne vous plairait vraiment pas, il ne vous reste qu'à aimer *Les Mauvaises Rencontres* d'Alexandre Astruc, où vous ne manquerez pas de reconnaître parfaitement, selon le mot étonnant de Jacques Doniol-Valcroze (*France-Observateur* du 20 octobre 1955) l'atmosphère et la signification de votre jeunesse.

PHILOSOPHIE

IMBÉCILES, vous pouvez cesser de l'être
Lisez Marx, lisez Dahou.

ARTS PLASTIQUES

Toute la peinture abstraite, depuis Malevitch, enfonce des portes ouvertes. Naturellement cette activité est inintéressante, et, de plus, parfaitement uniforme. Ce n'est pas le « tachisme » qui va la renouveler. On pense bien d'autre part qu'une recherche d'images réellement susceptibles de provoquer des effets nouveaux doit rompre avec des modes de représentation hérités de Chirico, de Max Ernst ou de Magritte, qui tendent d'eux-mêmes à recréer le vieil ordre des surprises — surprises considérablement affaiblies par la diffusion déjà ancienne de ces œuvres et l'inflation des imitateurs.

Les diverses réalisations de la *métagraphie*, qui se proposent théoriquement d'intégrer en une seule écriture tous les éléments dont la signification peut servir, ont été, jusqu'à présent, tout à fait insuffisantes.

Il semble que l'on doive attribuer cet échec provisoire à la préoccupation constamment mise en vedette de « faire des maquettes d'affiches », qui a imposé finalement soit un chaos illisible, soit une forme dégénérée du vieux collage (exposition métagraphique de la Galerie du Double Doute, en juin-juillet 1954).

REVUES

L'Internationale lettriste collabore à la revue *Les Lèvres Nues* depuis la parution de son numéro 6. Cette revue (Mariën éditeur, 28 rue du Pépin, Bruxelles) se trouve chez le Minotaure, libraire, rue des Beaux-Arts.

POLITIQUE

Rien de très nouveau. Dans le cadre de la détente, la presse révèle avec attendrissement que deux jeunes filles soviétiques, après s'être fait photographier aux côtés de deux vedettes de cinéma françaises, ont affirmé avoir vécu ainsi la plus belle journée de leur vie. En même temps la *Pravda* fait savoir que l'U.R.S.S. a achevé la construction d'une société socialiste, et que le passage au stade du communisme est dès à présent amorcé.

En France, c'est naturellement encore pire : mobilisation destinée à s'étendre, pour alimenter la guerre d'Algérie (*Algériens! ce n'est pas parce que vous êtes français que vous devez être patriotes*), la guerre du Rif et les suivantes ; développement du troc inauguré par Mendès-Bonn, avec Franco dont les menues faveurs sont payées par l'abandon des réfugiés républicains ; condamnation scandaleuse de Pierre Morain, de la Fédération Communiste Libertaire, en des termes qui tendent à établir que des opinions anticolonialistes sont désormais incompatibles avec la nationalité française.

PROPAGANDE

Un procédé «... décisif pour l'avenir de la communication : le détournement des phrases», était désigné dans *Internationale Lettriste* n° 3 (août 1953). L'usage du détournement fait maintenant l'objet d'une étude exhaustive, entreprise en collaboration par deux lettristes. Cette étude paraîtra en son temps, et laissera peu de choses à dire sur la question.

Le numéro 25 de *Potlatch*, inaugurant sa troisième année, sera publié en janvier 1956.

LITTÉRATURE

On ne manquera jamais d'ersatz pour faire marcher l'industrie de l'édition et maintenir la consommation. Mais, plus on ira, plus on s'apercevra que les problèmes et les divertissements de l'époque se situent sur d'autres plans.

Déjà, il faut signaler des truqueurs qui vont essayer de se faire une réputation en remâchant, dans un cadre purement littéraire, les émotions nouvelles que certaines associations d'événements peuvent entraîner. Ainsi M. Julien Gracq rédigeant de jolies narrations qui ont pour thème une ambiance et ses diverses composantes : ce n'est rien de refuser le prix Goncourt; encore faut-il ne pas l'avoir mérité.

NE COLLECTIONNEZ PAS *POTLATCH*, LE TEMPS TRAVAILLE CONTRE VOUS.

Potlatch est envoyé à certaines des adresses communiquées à la rédaction.

Tous les textes publiés dans *Potlatch* peuvent être reproduits, imités, ou partiellement cités sans la moindre indication d'origine.

Rédacteur en chef : J. Fillon, 32 rue de la Montagne-Geneviève, Paris 5ᵉ.

Bulletin d'information de l'Internationale lettriste

potlatch

mensuel　　　　　　　　　　　26 janvier 1956

25

AU VESTIAIRE

Le « Studio-Parnasse », célèbre par les affiches constamment dithyrambiques qui jalonnent chaque semaine sa rétrospective ininterrompue de tous les films de troisième ordre qui furent jamais tournés, s'est aventuré ce mois-ci à présenter de l'inédit. C'était malheureusement *La Pointe courte*. Il s'agit d'une suite de photographies, relevant de l'esthétique la plus périmée des cartes postales, et consacrées tantôt à un village de pêcheurs, tantôt aux promenades d'un couple d'intellectuels — les séquences sur le premier sujet donnant lieu à un dialogue si faux et si bête qu'il en fait paraître par contrastes habiles et naturels les films de Pagnol ; tandis que les séquences consacrées aux intellectuels sont le prétexte d'un bavardage d'une platitude extrême.

On ne peut croire qu'il y ait des gens — dont beaucoup font profession de culture cinématographique — pour s'en laisser imposer par un vide qui ne cherche même pas à se dissimuler (comme, disons, le néant dialectique de Merleau-Ponty), mais qui s'avoue et se souligne ingénument. Pourtant les divers jugements émis, de tous côtés, sur cette futile affaire, forment un panorama presque complet des sottises qui dominent en ce moment le jeu des idées. Ils appellent les quelques observations suivantes.

1. Il n'est pas vrai, comme l'avance la critique communiste, que le film soit bon dans la mesure où il parle des ouvriers, et mauvais quand il montre des intellectuels « de l'espèce la plus dangereuse ». Cet esprit ouvriériste, qui applaudit dès que l'on voit une casquette sur l'écran, rejoint tout un aspect de la sensibilité bourgeoise sur « l'esprit du peuple de Paris » ou « l'ouvrier de chez nous, râleur mais honnête », avec prolongements sur le vin rouge et le bal musette (d'ailleurs rien de cela ne manque dans *La Pointe courte*). Disons qu'au mieux un film spécialement consacré à la peinture d'un milieu ouvrier ne peut avoir quelque valeur, par son propos, que s'il dénonce d'une manière délibérée et conséquente les responsabilités de la situation qu'il nous montre (par exemple *Aubervilliers* de Prévert et Lhotar). Dans *La Pointe courte*, il est visible que les pêcheurs ont le rôle des bons sauvages sans complications, heureux dans la saine vie de nature, par opposition au couple de citadins qui « s'interroge ». En fait cette opposition, loin de devoir réjouir les communistes, est exactement dans l'esprit poujadiste.

2. Le problème n'est aucunement de savoir si un film doit ou ne doit pas faire tenir à ses personnages des propos «littéraires». Ce qu'il faut admettre, c'est que tant que le niveau littéraire ne dépassera pas cette marmelade de romans roses, cette dérision de fins de cuites entre jeunes gens qui ont renoncé à la deuxième partie du baccalauréat pour se lancer dans la vente des microsillons, cela fera rire.

Il est d'ailleurs étonnant de constater que la littérature, avec les distances sidérales qu'elle implique entre Proust et Louis Pauwels, se voit considérée comme une unité insécable quand on veut en ravager le cinéma. Du fait que personne ne voudrait parler comme on l'ose dans *La Pointe courte*, certains ont l'air de déduire qu'il est courant de lire ou d'écrire ce style. Il faut donc rappeler cette vérité élémentaire que les dialogues de *La Pointe courte* ne sont même pas de la littérature. Très au-dessous de la littérature la plus médiocrement faite, ils y visent, comme Sartre vise à parvenir un jour au niveau de la pensée politique.

3. Les seules objections assez fortes élevées contre *La Pointe courte* provenant de fidèles d'Astruc, on doit bien souligner qu'il ne s'agit là que d'une querelle de chapelles entre deux entreprises du même ordre, aussi méprisable l'une que l'autre. Astruc n'a pas eu une plus belle réussite dans l'emploi de la littérature malgré l'enthousiasme de commande d'un clan bien placé dans les jour-

naux (un critique est allé jusqu'à citer une conversation roulant sur la métaphysique, parce que l'héroïne demande de son air le plus niais au godelureau qui la courtise « s'il croit à l'enfer »). Sans doute Astruc connaît bien les œuvres importantes du cinéma, alors que la photographe Agnès Varda, l'auteur de *La Pointe courte*, n'en connaît rien et, paraît-il, n'en fait pas mystère. *Les Mauvaises rencontres* évitaient donc cet amateurisme prétentieux, mais pour verser dans la virtuosité creuse et scolaire. En outre le thème proclamé des *Mauvaises rencontres* — l'ambition — donnait à Astruc l'occasion d'étaler inconsciemment une telle malhonnêteté sociale que la bêtise partout reconnaissable dans son œuvre, la bêtise qui fait rire, atteignait en plusieurs points à la pure connerie, qui provoque plutôt la colère.

4. *La Pointe courte* ne présente pas le moindre apport cinématographique, même si Agnès Varda a naïvement redécouvert quelques effets que son inculture lui faisait passer pour neufs. Non seulement les rapports d'images dont elle use avec les intentions symboliques les plus indigestes font l'objet, comme on l'a dit, de la théorie d'Eisenstein sur le montage des attractions, mais encore ils sont la base du langage cinématographique des productions franchement commerciales.

5. Que le film ait été tourné en deux mois (le temps ne fait rien à l'affaire), ou qu'il n'ait coûté que dix millions (c'est encore bien trop), voilà les arguments que l'on nous jette, et qui ne peuvent émou-

voir que certains amateurs de records spéciaux, comme M. Julliard. Reste à savoir finalement si *quelque chose* a été fait, à sept ou à vingt-sept ans, avec dix millions ou quarante, à pied ou en voiture.
6. Enfin, l'existence et l'attitude de l'animateur du « Studio-Parnasse » méritent d'être signalées ; L'imbécillité aggravée par l'assurance du personnage, et les âneries inconciliables qui se suivent et se heurtent dans ses raisonnements de marchand de tapis ivre, constituent une offense intolérable à tout ce qui pense — serait-ce même très mal — à propos du cinéma. Il est grand temps de dénoncer l'individu, de le mettre au ban des « élites intellectuelles » de Paris, et d'inciter la jeunesse à s'exercer aux effets oratoires en allant lui porter, chaque soir, la contradiction — sans qu'elle se prive, à l'occasion, de se livrer à des violences ; ou de cracher, si le motif s'en présente.

BONS MOTS POUR SERVIR À UNE DÉFENSE ET ILLUSTRATION DE L'INTERNATIONALE LETTRISTE

Car, pour nos grands jeux à nous, nous n'avons plus que les *lettristes*.

AUGUSTE ANGLÈS
Confluences,
nouvelle série, n° 11, 1946

Serons-nous donc privés du lettrisme intégral et totalitaire ?

ÉTIEMBLE
Temps Modernes, n° 43, 1949

Étant donné que peu de personnes sont en état de pénétrer les secrets lettristes, l'impression en est sans importance.

PANGLOSS-GAXOTTE
Nice-Matin, 1954

D'ailleurs, je ne sais pas si leur passage dans les domaines qui me préoccupent existe réellement, et si nous ne forçons pas ce groupe à exister par nos écrits... Aucun livre ne marque leur passage.

ISOU (II)
Enjeu, n° 2, 1954

« LA FORME D'UNE VILLE CHANGE PLUS VITE... »

La destruction de la rue Sauvage, signalée dans le numéro 7 de *Potlatch* (août 1954), avait été commencée vers le début de 1954 par diverses entreprises privées. Les terrains qui la bordaient du côté de la Seine furent promptement couverts de taudis. En 1955, les Travaux Publics s'en mêlèrent avec un acharnement incroyable, allant jusqu'à couper la rue Sauvage peu après la rue Fulton pour édifier un vaste immeuble — destiné aux P.T.T. — qui couvre le quart environ de la longueur de l'ancienne rue Sauvage. Celle-ci n'arrive plus à présent jusqu'au boulevard de la Gare. Elle s'achève au début de la rue Flamand.

La plus belle partie du square des Missions Étrangères (voir *Potlatch*, n° 16) abrite depuis cet hiver un certain nombre de roulottes-préfabriquées qui évoquent les mauvais coups de l'Abbé Pierre.

De plus, le mouvement continu qui porte depuis quatre ans le quartier de plaisirs (?) de la Rive Gauche à s'étendre à l'est du boulevard Michel et en direction de la Montagne-Geneviève, atteint une cote alarmante. Dès maintenant, la Montagne-Geneviève se trouve cernée par plusieurs établissements installés rue Descartes.

L'intérêt psychogéographique de ces trois points doit donc être considéré comme fortement en baisse, et notamment pour les deux premiers qui ne valent pratiquement plus le voyage.

CONTRADICTIONS DE L'ACTIVITÉ LETTRISTE-INTERNATIONALISTE

Nous n'avons guère en commun que le goût du jeu, mais il nous mène loin. Les réalités sur lesquelles il nous est facile de nous accorder sont celles mêmes qui soulignent l'aspect obligatoirement précaire de notre position : il est bien tard pour faire de l'art; un peu tôt pour construire concrètement des situations de quelque ampleur; la nécessité d'agir ne souffre aucun doute.

La définition et le maintien d'une plate-forme d'action fondée sur les préoccupations qui nous sont propres se heurtent en permanence à deux tendances déviationnistes de motivations opposées.

Certains individus retombent dans une perspective artistique, dont ils n'étaient peut-être jamais sortis — et peu nous importe que leurs notions artistiques impliquent en fait une majeure partie d'éléments anti-artistiques apportés par les modes successives de la première moitié du siècle —, avouant par là même une incapacité de résoudre leurs vrais problèmes. Parmi nous, l'activité dite de propagande métagraphique a jusqu'à présent servi à ce triste usage plus qu'à tout autre.

Une autre fraction, comprenant parfois les plus avancés dans la recherche d'un nouveau comportement, se voit conduite par le goût de l'inconnu, du mystère à tout prix — et, il est à peine besoin de le souligner, par une niaiserie philosophique peu commune — à divers aboutissements occultistes et qui frisent même la théosophie. L'analyse et la répression de cette dernière tendance nous ont porté, en son temps, à mettre un terme à la relative liberté politique que nous nous étions jusque-là réciproquement reconnue, la base révolutionnaire commune, vaguement anarchisante, étant un terrain propice aux pires errements théoriques, contre la psychogéographie matérialiste en particulier, et même contre toute attitude situationniste conséquente.

Il est certain que chaque crise qui s'est conclue par l'élimination d'une de ces tendances n'a pas manqué de renforcer l'autre dans une certaine mesure, ou en tout cas une troisième attitude plus généralement partagée qui est celle d'un immobilisme intellectuellement confortable, apte à se traduire tout au plus par quelques outrances verbales ou, rarement, par une rixe. On pense bien que de telles pratiques fournissent à l'antilettrisme des arguments plus sérieux que ceux qu'il trouve dans l'esthétisme réchauffé de certains de nos anciens camarades d'avant 1952, dont la position depuis est visiblement aberrante.

D'autre part, autant ces tripotages d'une esthétique néokantienne ne concernent plus personne, autant le refus abstentionniste de l'écriture, et de n'importe quelle forme de manifestation, que nous voyons se développer en quelques milieux sommairement touchés par nos publications, constitue une démission malhonnête et réactionnaire. Des artistes, depuis longtemps aux prises avec les problèmes infructueux d'un domaine épuisé, croient faire acte de novateurs en y renonçant brusquement. Bien évidemment, celui qui se trouve incapable d'inventer, c'est-à-dire de participer à l'invention d'une activité supérieure, ferait mieux de rester à ses activités précédentes en les mettant par exemple au service d'impératifs électoraux. Les intellectuels dans l'embarras qui parlent de se faire maçon ou bûcheron, ou le font effectivement pendant quelques semaines, opèrent simplement un transfert, correspondant au niveau de conscience qu'ils s'imaginent posséder, de la plus répugnante conversion religieuse. Ce déchet est normal, un très petit nombre d'individus étant en ce moment prédisposé à s'occuper de nos recherches, et moins encore doué du minimum des qualités requises. Il ne faut pas s'étonner si un changement radical des besoins et des perspectives entraîne ici, comme dans toute autre branche de l'économie, d'assez grandes pertes de personnel spécialisé.

Il faut cependant parvenir à la résolution dialectique des conflits qui caractérisent la période actuelle, sans négliger un seul aspect du changement de la vie.

Ceux qui peuvent se satisfaire des plaisirs que la continuation du présent état de choses, dans l'intelligence et dans les mœurs, leur concédera ;

ceux qui ne peuvent se défendre d'aimer leurs relations, Henri Michaux ou la vie de famille — nous n'avons rien à leur dire.

ON Y VIENT

Une firme de Los Angeles s'est spécialisée dans la construction de « maisons assorties à la personnalité ». Pour familles « extraverties » ou « intraverties » au choix. Le prix varie entre quelques milliers de dollars et 180 000 pour le véritable « château irlandais ». (*Paris-Presse* du 14/12/55, citant *Newsweek*.)

Démenti formel
Il n'est pas vrai que l'éditeur Julliard ait traité avec des lettristes de la fourniture éventuelle de faux littéraires d'une plus grande envergure que les précédents, pour les attribuer toujours à d'assez jeunes filles.

TOUCHEZ PAS AUX LETTRISTES

Le bruit court qu'un groupe de littérateurs sévissant hors de France, mû par le même intérêt passionnément hostile que nous suscitons presque toujours dans les milieux de cette sorte, prépare depuis plus de trois mois l'édition d'un faux numéro de *Potlatch*. Au cas où les ressources réunies de ces petits ambitieux parviendraient à un résultat, nous prions ceux de nos correspondants qui se trouveraient touchés par cette édition de nous la faire parvenir aussitôt, pour que le phénomène demeure unique.

NE COLLECTIONNEZ PAS *POTLATCH*, LE TEMPS TRAVAILLE CONTRE VOUS.

Potlatch est envoyé à certaines des adresses communiquées à la rédaction.

Tous les textes publiés dans *Potlatch* peuvent être reproduits, imités, ou partiellement cités sans la moindre indication d'origine.

Rédaction : 32 rue de la Montagne-Geneviève, Paris 5ᵉ.

Bulletin d'information de l'Internationale lettriste

potlatch
26
7 mai 1956

LETTRISME ET DÉFINITIONS D'INSPIRATIONS DIFFÉRENTES

ÉCLAIRCISSEMENTS PAR UN AVEUGLE

M. Moïse Bismuth, jeune universitaire déjà connu pour ses travaux sur l'orthographe phonétique (*Sistème de notasion dé lètri*, Richard-Masse éditeur, 1952), s'est dissimulé sous le pseudonyme transparent de Maurice Lemaître pour publier aux éditions Fischbacher (33 rue de Seine) un ouvrage intitulé *Qu'est-ce que le lettrisme ?* dont le propos était assez ambitieux :

« Le but et la méthode de ce livre seront donc de présenter simplement, mais de classer avec précision les découvertes lettristes, leurs rapports avec les domaines existants, les limites de leur pouvoir, ainsi que les offres originales d'affirmation qu'elles contiennent » (page 13).

Mais, hélas, tout au long d'un fort volume, l'auteur reste fort en deçà de son programme, aussi bien par incompétence idéologique et manque d'une documentation suffisante que, semble-t-il, du fait de sa naïveté personnelle : ainsi il cite froidement, page 144, parmi les « propositions exaltantes » que lui-même a suivies et abandonnées dans sa vie… « la Fédération anarchiste et la voie Lanza del Vasto-Gurgieff » !

Dans ces conditions, on ne s'étonne plus de le voir reprendre à son compte les lamentables thèses de la Droite lettriste, telle qu'elle s'était constituée en 1952, et y ajouter même en puérilité. Rien n'y manque, depuis l'ordurier vocabulaire de la mystique (page 136 : « Dieu crée ses Judas et ses Moïse, parce qu'ils sont une partie de sa volonté. Et le vrai messie est pour lui-même, sans cesse, un Judas…, etc. »), jusqu'aux âneries « économiques » les plus stupéfiantes : page 124, le christianisme est donné comme une idéologie ayant pu déterminer l'abolition de l'esclavage, comme si au XIXe siècle les nations chrétiennes n'avaient pas encore pratiqué l'esclavage là où les conditions de production le réclamaient.

Il va sans dire que nous contestons radicalement toutes les conclusions de ce livre, même si quelques-unes de ses pages se trouvent exposer, presque accidentellement, certaines opinions de détail que nous pouvons reconnaître pour nôtres.

Ils se rencontrent à des heures invraisemblables en d'invraisemblables lieux, échangent à la hâte un ou deux mots de conseil ou de recommandation (des détails authentiques sur leurs voyages et leurs investigations; leurs observations sur les caractères et sur les mœurs; toutes leurs aventures enfin, aussi bien que les récits et autres opuscules auxquels pourraient donner lieu les scènes locales ou les souvenirs qui s'y rattachent) et poursuivent leur chemin vers la tâche désignée, puisque le temps est précieux et qu'il suffit de cinq minutes pour mettre une vie en balance.

Ou je suis bien trompé, ou nous tenons la plus fameuse aventure qui se soit jamais vue : l'aspect engageant de certaines localités en Irlande et ailleurs, qui figurent sur les cartes géographiques générales en couleurs ou sur les cartes partielles d'état-major avec des échelles et des hachures; la détermination d'un *organisme* passionnel destiné à fonctionner dans ce milieu.

Il suffit que l'action en soit grande, que les acteurs en soient héroïques, que les passions y soient excitées, et que tout s'y ressente de cette tristesse majestueuse qui fait tout le plaisir de la tragédie.

LE POINT CULMINANT
DE L'ATTAQUE

À partir de ce 26ᵉ numéro, *Potlatch* cesse d'être publié mensuellement. Ce bulletin nous a déjà amené tous les amis qu'il était susceptible de nous faire connaître, dans les limites de sa diffusion, et ne pourra certainement pas irriter plus ceux sur qui il obtenait cet effet depuis longtemps. Procédant consciemment, nous éviterons donc d'en faire une habitude, en maintenant son rythme de parution dans des conditions d'efficacité forcément décroissante.

Potlatch paraîtra désormais plus irrégulièrement, comme préparation d'une nouvelle phase, élargie, de nos publications.

LES ENCYCLOPÉDISTES-
GALLIMARD SUR LA PISTE
D'UNE WELTANSCHAUUNG

C'est Queneau qui dirige. Et pourtant il s'agit de dresser le bilan culturel de notre époque, sans dédaigner d'ouvrir par la même occasion «des fenêtres sur l'avenir». Dans le numéro 21 d'*Actualité littéraire*, organe du club des libraires de France, Queneau lui-même fait l'article et ouvre d'intéressantes perspectives sur la cohérence intellectuelle de sa monumentale entreprise :

« Notre règle, écrit-il, a été de faire confiance au spécialiste, à son objectivité comme à sa connaissance du sujet. Nous lui laissons la responsabilité de son texte. Notre contrôle vise seulement à éviter les omissions, du moins celles que le lecteur ne saurait admettre : par exemple un biologiste avait négligé de parler du mimétisme, non point parce qu'il l'avait oublié, mais parce que personnellement il en nie l'existence même : nous lui avons demandé simplement de dire son opinion afin que le mot ne soit pas absent. Tel historien n'avait pas cité une bataille célèbre, l'une des rares dont tout le monde connaît la date, parce qu'elle n'a pas à ses yeux de valeur historique. Mais nos "corrections" ne vont guère au-delà de ce plaidoyer pour le lecteur. »

Comme on voit, c'est une encyclopédie qui ira loin.

LA PREMIÈRE PIERRE QUI S'EN VA

Nous avons appris avec plaisir que l'architecte Max Bill, directeur de la Hochschule für Gestaltung d'Ulm (c'est-à-dire du nouveau Bauhaus, successeur sclérosé de l'école de Munich), avait été conduit à démissionner de son poste. Au Congrès de l'Industrial Design, tenu dans le cadre de la Dixième Triennale d'Art Industriel à Milan, la contradiction avait été violemment portée à Max Bill par Jorn et des camarades italiens au nom du dépassement du programme fonctionnaliste. Après les polémiques qui s'ensuivirent, la disparition de Max Bill, dont l'effondrement théorique s'était illustré de burlesques menaces d'action judiciaire, s'imposait évidemment. Mais aucune tendance réellement progressive n'est apparue dans l'école d'Ulm, que nous continuerons à combattre avec une confiance accrue par ce notable succès.

Notre organisation commune pour l'action à mener actuellement en architecture s'est constituée à l'adresse suivante : Laboratorio Sperimentale del Movimento Internazionale per un Bauhaus Immaginista (2, via XX settembre, Alba, Italie).

pour l'Internationale lettriste :
MOHAMED DAHOU

« MISÉRABLE MIRACLE »
méprisable métier

1

La poésie moderne s'est faite dans une opposition constante aux forces dominantes de la société où ses créateurs ont vécu. Ceux-ci se virent reprocher également les singularités de leur œuvre et celles de leur existence. Longtemps l'idéologie régnante ne les intégra pas sans réserves à son panthéon, même quand leur apport fut devenu difficilement discutable. Mallarmé défendait encore Poe d'avoir puisé son inspiration «dans le flot sans honneur de quelque noir mélange». Bref, la pensée bourgeoise se défendait sur tous les fronts.

Aujourd'hui, le pouvoir est aux mains des mêmes gens, mais on sait qu'ils n'en sont plus à soutenir une pensée qui leur serait propre. Ils s'en consolent en niant la possibilité même d'une pensée soutenable (ceci pour les plus avancés, bien sûr il y a encore des chrétiens). Et les formes d'art qui détruisaient leur culture et leurs goûts ont si bien triomphé qu'ils arrivent, à présent qu'elles sont épuisées et rabâchées, à en admirer les dernières redites et à en respecter les infirmités mêmes.

C'est ainsi qu'Henri Michaux peut faire une exposition et un ou deux livres (*Misérable Miracle*) fondés sur ce seul intérêt qu'ils ont été produits sous l'influence de la mescaline. La folie, la drogue restent les éternels moyens de diversion d'une arrière-garde patentée, dépourvue désormais de toute contrepartie positive, servant à sa petite place — entre les potins de *Elle*, les dernières découvertes d'Hitchcock et les jeunes Turcs du parti radical — au grand travail d'abrutissement des foules.

2

Proposition d'Asger Jorn : pour accélérer lucidement ce processus de décomposition, la Comédie-Française se doit de jouer les classiques (et, à son défaut, un quelconque théâtre de la Huchette, hospitalier aux petits inventeurs, pourrait y gagner de l'estime) sous l'empire de drogues appropriées et annoncées sur les affiches et programmes. Une grande variété d'interprétations de la même pièce est garantie selon que la troupe sera tout entière sous l'effet de l'opium ou de l'héroïne ; pour le lendemain goûter du haschisch, ou même de stupéfiants aussi diversifiés qu'il y a d'acteurs. Régal pour le lettré et assurance d'un stable public de drogués, qui contribuera à remédier à la crise financière de notre théâtre.

Au cas où l'on aurait le courage d'en venir promptement à ces extrémités, les lettristes s'engagent à assister aux spectacles en état d'ivresse manifeste, à la suite de l'absorption de rhum, vodka, vin rouge ou d'un autre breuvage choisi par le régisseur en harmonie avec ses propres tentatives.

RIEN D'ÉTONNANT

Il y a des manières plus ou moins confortables de démoraliser l'armée. Si l'on se trouve tout d'abord patriote, puis en tout cas homme du monde, journaliste en renom, chrétien de gauche ou réformiste de bonne compagnie, on ne passera pas trop de temps en prison — aussi vif que soit sur la répression de ce délit, par doctrine et par tradition, un gouvernement socialiste.

Mais si l'on n'atteint pas à cette distinction, si l'on n'est pas de la caste des anticolonialistes spécialisés qui se retrouvent régulièrement courant à la rescousse de celui des leurs que l'actualité met en vedette, si l'on est donc suspect d'inciter à une subversion plus générale, on ne sera pas souvent nommé dans les beaux meetings où ces élites vont mêlant leurs diverses tendances, on ne tiendra pas beaucoup de lignes dans les courageux hebdomadaires.

Voilà pourquoi l'emprisonnement à Fresnes de Pierre Frank, secrétaire de la IVe Internationale, et de plusieurs militants de cette organisation, est passé presque inaperçu.

MODESTE PRÉFACE
À LA PARUTION D'UNE
DERNIÈRE REVUE SURRÉALISTE

André Breton voyait venir le 18 février dernier son soixantième anniversaire. Par les soins de nos camarades de la revue *Les Lèvres Nues*, de fausses invitations furent lancées qui menèrent dans les salons de l'hôtel Lutétia un nombre indéterminé de dupes (plusieurs centaines d'après *L'Express*, mais l'envoyé de *Combat* n'y a vu que « quelques invités non prévenus »).

Trois jours après, les mêmes invitations, envoyées de Belgique aux mêmes personnes, s'étaient enrichies d'une phrase en surimpression qui avouait la fausse nouvelle, et d'où venait le coup.

Nul cependant n'avait été gêné par la forme délibérément ridicule d'une invitation qui annonçait que Breton saisirait cette occasion pour traiter « de l'éternelle jeunesse du surréalisme ». La preuve est donc faite qu'aucune bêtise ne peut plus surprendre si elle se recommande de cette doctrine.

Inutile même de souligner que personne ne s'était proposé de « réussir » une mystification de plus aux dépens du Tout-Paris cultivé, mais de bien *faire remarquer* une date significative. La presse n'y a pas manqué.

Réponse à une enquête de « La Tour de Feu »

Messieurs,

Ayant pris connaissance du questionnaire de l'enquête que *La Tour de Feu* « a cru nécessaire et urgent » de mener sur les rapports de la peinture et de la poésie, au sein d'une révolution qui affecterait l'« infiguré », nous ne surprendrons personne en avouant que cette espèce ne nous paraît pas comporter de réponse.

Mais, à défaut, nous croyons être utiles à une pensée visiblement plus mystifiée que mystifiante, en vous proposant ces quelques sujets de méditation : quels rapports peut-on établir entre vos questions et l'intelligence, même peu avancée ? Entre votre vocabulaire et la langue française ? Entre votre existence et le XXe siècle ?

pour l'Internationale lettriste :
G.-E. DEBORD, GIL J WOLMAN.

Pour un lexique lettriste

1. *dériver*, détourner l'eau (XIIe s., Job ; au fig. gramm., etc.), *dérivation* (13, 77, L.), *-atif* (XVe s.), empr. au lat. derivare, -atio, -ativus, au propre et au fig. (rac. rivus, ruisseau).

2. *dériver*, écarter de la rive (XIVe s., B.), comp. de rive.

3. *dériver*, mar., aller à la dérive (XVIe s., A. d'Aubigné, var. driver), croisement entre l'angl. to drive (proprem. « pousser ») et le précédent. — Dér. : dérive, -ation (1690, Furetière).

4. *dériver*, défaire ce qui est rivé. V. river.

LE BON EXEMPLE

Dans le dernier ouvrage paru sur Retz (éditions Albin-Michel) M. Pierre-Georges Lorris, sans se défendre du moralisme le plus conventionnel dans le jugement de son personnage, fait cependant justice de la ridicule explication de sa conduite par l'ambition : « De défaite en défaite, les *Mémoires* se poursuivront ainsi jusqu'au désastre final... ses *Mémoires* n'ont pas l'abattement d'un vaincu, mais l'amusement d'un joueur... Retz a atteint le seul but qu'il se proposait... »

L'extraordinaire valeur ludique de la vie de Gondi, et de cette Fronde dont il fut l'inventeur le plus marquant, restent à analyser dans une perspective vraiment moderne.

Dans la remarquable série des aventures du D^r Fu-Manchu, de M. Sax Rohmer, publiée en français dans les années 30 par la collection « Le Masque », il faut particulièrement distinguer *Si-Fan Mystery* (Le Masque de Fu-Manchu). Outre la beauté situationniste de l'attitude des personnages ennemis qui, en fait, n'ont de rapports que leur participation à un jeu effrayant dont Fu-Manchu est le metteur en scène, il faut reconnaître que l'utilisation, tantôt délirante et tantôt raisonnée, du décor, y frise la psychogéographie.

Rédaction : 32 rue de la Montagne-Geneviève, Paris 5e.

Bulletin d'information de l'Internationale lettriste

potlatch
27
2 novembre 1956

ÉCHEC DES MANIFESTATIONS DE MARSEILLE

Le 4 août dernier devait s'ouvrir à Marseille un Festival de l'Art d'Avant-Garde, monté avec l'appui de divers organismes officiels du tourisme, ainsi que du ministère de la Reconstruction et de l'Urbanisme. Par le décor choisi — l'immeuble du Corbusier appelé « Cité Radieuse » — et par l'éventail des personnalités pressenties, cette manifestation se présentait comme l'apothéose des tendances confusionnistes et rétrogrades qui ont constamment dominé l'expression moderne depuis dix ans. La consécration publique d'un tel rassemblement intervenait, comme il est d'usage, précisément au moment où la faillite de ces tendances en vient à apparaître à des secteurs toujours plus larges de l'opinion intellectuelle ; au moment où un tournant irréversible s'amorce vers une libération bouleversante dans tous les domaines.

Quatre jours avant le début du Festival de l'Art d'Avant-Garde, l'Internationale lettriste lançait un ordre de boycott, expliquant que la position prise à l'égard de la réunion de Marseille contribuerait grandement dans l'avenir à marquer le partage de deux camps, entre lesquels tout dialogue sera inutile :

« Les participants de cette parade, où rien ne manque de ce qui représentera dans vingt ans l'imbécillité des années 50, se trouveront définitivement marqués par une adhésion aussi indiscrète à la plus parfaite manifestation de l'esprit d'une époque. Nous invitons donc les artistes sollicités, ceux du moins qui ne se sentent pas finis, à se désolidariser sans délai de cet amalgame du déisme, du tachisme et de l'impuissance... Nous appelons l'avant-garde internationale à dénoncer le sens de cette manœuvre, et à diffuser les noms de ceux qui s'en font complices. »

Le Festival de l'Art d'Avant-Garde, commencé dans l'indifférence quasi unanime de la presse (deux quotidiens parisiens seulement signalent son début par de très courts articles, abandonné *in extremis* par certains de ses organisateurs, n'arrivant souvent à rassembler qu'une vingtaine de spectateurs par séance, aboutissait bientôt à un parfait échec, même du point de vue financier.

Quelques brefs comptes rendus polis dans les hebdomadaires complices ne parvenaient pas à masquer la liquidation de la belle Avant-Garde Tachisto-Seccotine. Tout au plus s'efforçait-on de répandre quelque trouble en compromettant l'opposition. Ainsi le *Figaro Littéraire*, dans son numéro du 11 août, signalait que des lettristes participaient au Festival et le boycottaient tout à la fois ; puis, publiant dans son numéro de la semaine suivante notre démenti formel, omettait significativement la dernière phrase : « L'appel de l'Internationale lettriste, que vous citez, ne s'adressait naturellement pas aux marchands de tableaux, et a été très largement suivi. »

La vérité est qu'en août 1956 il était déjà trop tard pour imposer une vision cohérente de ces arts modernes fondés sur le recommencement des expériences passées. La période de réaction de l'après-guerre est en train de finir. Il était même trop tard pour ramasser les lauriers civiques d'anciens combattants d'une avant-garde devenue inoffensive. Celle-ci n'avait jamais été offensive, et cela commence à se savoir. Et surtout, cette période s'est caractérisée fondamentalement par des redites anarchiques et fragmentaires. Il était donc imprudent d'étendre l'entreprise — en partant simplement du choix d'un décor « moderne » pour un festival de théâtre, parent pauvre de celui d'Avignon ; en aboutissant à une annexion hâtive de la peinture ou du cinéma — jusqu'au spectacle d'une unité qui n'a jamais existé. Sa seule possibilité d'existence est dans la révolution unitaire qui commence.

LA PLATE-FORME D'ALBA

Du 2 au 8 septembre, s'est tenu en Italie, dans la ville d'Alba, un Congrès convoqué par Asger Jorn et Giuseppe Gallizio au nom du Mouvement international pour un Bauhaus Imaginiste, rassemblement dont les vues s'accordent avec le programme de l'Internationale lettriste relatif à l'urbanisme et aux usages que l'on peut en faire (cf. *Potlatch*, n° 26).

Les représentants de fractions avant-gardistes de huit nations (Algérie, Belgique, Danemark, France, Grande-Bretagne, Hollande, Italie, Tchécoslovaquie) se rencontrèrent là pour jeter les bases d'une organisation unie. Ces travaux furent menés à toutes leurs conséquences.

Christian Dotremont, dont certains avaient annoncé la venue au Congrès parmi la délégation belge, mais qui a depuis quelque temps déjà rejoint la rédaction de la *Nouvelle-nouvelle Revue Française*, s'abstint de paraître dans une assemblée où sa présence eût été inacceptable pour la majorité.

Enrico Baj, représentant du « mouvement d'art nucléaire », dut se retirer dès le premier jour ; et le Congrès consacra la rupture avec les nucléaires en publiant l'avertissement suivant : « Acculé devant des faits précis, Baj a quitté le Congrès. Il n'a pas emporté la caisse. »

Dans le même temps, l'entrée en Italie de nos camarades tchécoslovaques Pravoslav Rada et Kotik était empêchée par le gouvernement italien qui, malgré les protestations élevées à ce propos, ne leur accorda le visa pour passer son rideau de fer national qu'à la fin du Congrès d'Alba.

L'intervention de Wolman, délégué de l'Internationale lettriste, devait souligner particulièrement la nécessité d'une plate-forme commune définissant la totalité de l'expérience en cours :

« Camarades, les crises parallèles qui affectent actuellement tous les modes de la création artistique sont déterminées par un mouvement d'ensemble, et on ne peut parvenir à la résolution de ces crises que dans une perspective générale. Le processus de négation et de destruction qui s'est manifesté, avec une vitesse croissante, contre toutes les conditions anciennes de l'activité artistique, est irréversible : il est la conséquence de l'apparition de possibilités supérieures d'action sur le monde...
... quelque crédit que la bourgeoisie veuille aujourd'hui accorder à des tentatives artistiques fragmentaires, ou délibérément rétrogrades, la création ne peut être maintenant qu'une synthèse qui tende à la construction intégrale d'une

atmosphère, d'un style de la vie... Un urbanisme unitaire — la synthèse, s'annexant arts et techniques, que nous réclamons — devra être édifié en fonction de certaines valeurs nouvelles de la vie, qu'il s'agit dès à présent de distinguer et de répandre... »

La résolution finale du Congrès traduisit un accord profond, sous forme d'une déclaration en six points proclamant la « nécessité d'une construction intégrale du cadre de la vie par un urbanisme unitaire qui doit utiliser l'ensemble des arts et des techniques modernes » ; le « caractère périmé d'avance de toute rénovation apportée à un art dans ses limites traditionnelles » ; la « reconnaissance d'une interdépendance essentielle entre l'urbanisme unitaire et un style de vie à venir... » qu'il faut situer « dans la perspective d'une liberté réelle plus grande et d'une plus grande domination de la nature » ; enfin l'« unité d'action entre les signataires sur ce programme... » (le sixième point énumérant en outre les diverses modalités d'un soutien réciproque).

Outre cette résolution finale, approuvée par : J. Calonne, Constant, G. Gallizio, A. Jorn, Kotik, Rada, Piero Simondo, E. Sottsass Jr., Elena Verrone, Wolman — le Congrès se prononça à l'unanimité contre toute relation avec les participants du Festival de la Cité Radieuse, à la suite du boycott déclenché le mois précédent.

À l'issue des travaux du Congrès, Gil J Wolman fut adjoint aux responsables de la rédaction d'*Eristica*, bulletin d'information du Mouvement international pour un Bauhaus Imaginiste et Asger Jorn placé au comité directeur de l'Internationale lettriste.

Le congrès d'Alba marquera sans doute une des difficiles étapes, dans le secteur de la lutte pour une nouvelle sensibilité et pour une nouvelle culture, de ce renouveau révolutionnaire général qui caractérise l'année 1956, et qui apparaît dans les premiers résultats politiques de la pression des masses en U.R.S.S., en Pologne et en Hongrie (bien qu'ici, dans une périlleuse confusion, le retour des vieux mots d'ordre pourris du nationalisme clérical procède de l'erreur mortelle que fut l'interdiction d'une opposition marxiste), comme dans les succès de l'insurrection algérienne et dans les grandes grèves d'Espagne. L'avenir prochain de ces développements permet les plus grands espoirs.

L'EXPRESSION DE LA RÉVOLUTION ALGÉRIENNE ET L'IMPOSTEUR KATEB YACINE

« Kateb Yacine est un vieux militant politique, Kateb Yacine est un révolutionnaire », lit-on dans certaines feuilles de gauche appartenant à de petits-bourgeois qui eux-mêmes veulent jouer aux révolutionnaires. Kateb a peut-être été un militant du P.P.A. quand il avait dix-sept ou dix-huit ans, mais il n'a jamais continué, et c'est son tort. Il met à son honneur d'avoir été arrêté et emprisonné en 1946, pour atteinte à la sécurité intérieure de l'État, mais l'on sait qu'à cette époque l'Algérie traversait une période très troublée, et que l'on y arrêtait n'importe qui. On ne trompera personne en présentant Kateb Yacine comme un révolutionnaire parce qu'il a écrit *Le Fondateur*. Il faut juger politiquement une personne d'après ses actes et les résultats acquis, et non d'après ses écrits « poétiques ». Il faut reconnaître quand même que ce qu'écrit Kateb a une certaine élégance, dans la langue de René Char, mais cela ne va pas plus loin.

Au moment où des milliers de gens sont tués, au moment où tous les étudiants font grève et où certains d'entre eux rejoignent le maquis, il n'est que pénible de voir Kateb Yacine essayer d'établir sa renommée d'écrivain à la faveur de ces mêmes circonstances. Son succès est en fait l'expression de la mauvaise conscience de petits-bourgeois gauchisants : il est leur bon révolutionnaire algérien, comme d'autres ont leurs bons nègres.

Que Kateb Yacine continue à obtenir quelques succès littéraires, lesquels succès contribueront à lui faire faire la conquête de petites filles à Germain-des-Prés, mais, de grâce, qu'il ne joue plus au petit révolutionnaire. Cela ne lui va pas du tout.

ABDELHAFID KHATIB

TOUJOURS LE BEAU RÔLE

1. La glorieuse incertitude du sport

«Traverser ce chaos, transfigurer ce Radeau de la Méduse, passer outre à cet enfer intellectuel sera une entreprise qui exigera des hommes de génie ; non pas seulement *un* nouveau Picasso, comme on le dit à propos de chaque peintre qui semble vouloir changer les données du problème pictural, mais l'activité d'une nouvelle constellation de poètes, de théoriciens et de peintres.»

ALAIN JOUFFROY
«Situation de la Jeune Peinture
à Paris», *Preuves*, n° 68

2. Les premiers résultats connus

«Pourquoi donc, dans une étude si "exhaustive", néglige-t-on la "nouvelle lettre à des lettristes anti-lemaîtriens" en réponse aux "Insultes des lettristes anti-isouiens"?»

Ces fariboles byzantines vous endorment pendant que la France en crève.

ALBERT PARAZ
«Le silence de l'abjection»,
La Parisienne, n° 37

DANS LA LOGE DE MATHIEU

On sait l'importance des bouffonneries organisées durant tout le Moyen Âge sur le thème du caractère éphémère du pouvoir séculier. Les multiples exhibitions de rois d'un jour servaient alors à consoler les sujets de n'être pas rois. Les derniers royalistes affichés de notre siècle, sans doute parce qu'ils sont, généralement, issus de couches sociales dont les fonctions et les sentiments sont des plus serviles, peuvent goûter encore cette sorte de compensation.

En mai dernier, à la Galerie Rive Droite, le couronnement du peintre Mathieu fut ainsi organisé par le jésuite Tapié, pour fêter en un seul homme tous les concierges du Mouvement Poujade.

L'OCCULTATION PROFONDE, VÉRITABLE, DU SURRÉALISME

La revue dirigée par Breton, *Le surréalisme même*, annoncée de jour en jour pendant huit mois, donnée pour parue dans la N.N.R.F. du mois d'août, est en fait restée cachée jusqu'à la fin d'octobre pour des raisons idéologiques : un de ses collaborateurs les plus en vue, M. Robert Benayoun, surréaliste de longue date, se trouve être en même temps employé à la critique cinématographique dans *Demain*, l'hebdomadaire de M. Guy Mollet.

La direction du *Surréalisme même* attendait donc depuis huit mois que M. Guy Mollet changeât de politique, pour paraître sans honte. M. Guy Mollet, comme on sait, n'en a pas changé ; et la revue de M. Breton étant très belle (papier glacé, 84 illustrations), il a bien fallu sacrifier au souci de dégeler ce petit capital.

LISTE DES PARTICIPANTS DU FESTIVAL DE LA CITÉ RADIEUSE

Albinoni, Atlan, Barraqué, Béjart, Benedek, Boulez, César, Fano, Ford, Gilioli, Guillon, Hathaway, Henry, Hodeir, Humeau, Ionesco, Isou, Kerchbron, Lapoujade, Lemaître, L'Herbier, Mac Laren, Martin, Messiaen, Pan, Pak, Philippot, Poliéri, Pousseur, Prévert, Puente, Ragon, Sauguet, Schoffer, Solal, Stahly, Stockhausen, Sugai, Tardieu, Tinguely, Wogenscky, Yves.

PIÈGE À CONS

Le tract «Toutes ces dames au salon», à propos de l'exposition à Bruxelles des tableaux commandés à divers jeunes peintres par la Royal Dutch-Shell sur le thème «l'Industrie du Pétrole vue par des artistes», a suscité une petite levée de boucliers parmi les amateurs de l'art actuel :

Des Belges jusqu'alors inconnus ont publié un libelle pour révéler à l'opinion mondiale que l'on ne trouvait, sur 49 signataires de ce tract, que 5 peintres.

Des pataphysiciens de plusieurs pays se sont unis pour diffuser à une vingtaine d'exemplaires (les amis, la famille...) un contre-tract plein d'esprit.

Enfin, Stéphane Rey en personne, le fameux critique d'art du *Phare-Dimanche* de Bruxelles, a consacré deux de ses remarquées chroniques à présenter une défense inconditionnelle du pétrole, sous toutes ses formes.

Réponse de l'I.L. à Stéphane Rey,
reproduite dans le *Phare-Dimanche* n° 557

Monsieur, puisque vous en êtes à parler principes, autant vous dire tout de suite qu'un «artiste libre» ne saurait travailler pour les dollars de l'U.N.E.S.C.O. maccarthyste et franquiste, quelque étonnement que cette nouvelle doive vous causer. Pas plus que le critique d'art d'un journal qui porte en manchette la publicité de Caltex n'aurait la liberté d'approuver notre « pamphlet violent » sans perdre sa sinécure. Dans cette perspective, concevez que nous nous expliquons parfaitement la bassesse de votre article, et l'extrême indigence de ses arguments. Ayant cru peut-être que nous pouvions nourrir envers le pétrole en lui-même des sentiments d'antipathie plus marqués qu'envers la chlorophylle ou le Kilimandjaro, vous volez superbement à son secours : « Mais enfin, dites-vous, tout le monde en consomme. » Nous voulons bien croire que vous en buvez. De tels excès expliqueraient l'imprudence que vous commettez en avouant que « les princes d'aujourd'hui » sont « les entreprises commerciales, les banques, les grosses industries ». Croyez-vous que le *Phare-Dimanche*, un hebdomadaire si « indépendant », vous paie pour parler aussi crûment ? Pour finir, la bonne garde des vaches vous préoccupe : nous sommes justement en mesure de vous faire sentir un nouvel aspect de la question. C'est seulement tant que durera aujourd'hui, avec ses « princes » à sa mesure, que les vaches, dont vous êtes, seront bien gardées sous les uniformes et livrées qui conviennent.

TOUT SAVOIR SUR LA DÉRIVE. Lisez *Les Lèvres Nues*, n° 9 (chez le Minotaure).

Rédaction : 32, rue de la Montagne-Geneviève, Paris 5ᵉ.

Bulletin d'information de l'Internationale lettriste

potlatch
28
22 mai 1957

LES DÉBATS DE CE TEMPS

Le dadaïsme paraît être la nouveauté la plus discutée de ce printemps 1957. Ses créateurs, toujours emportés par la fougue aimable de la jeunesse, affrontent l'ennemi sur tous les terrains. Huelsenbeck, qui a arraché à un contre-dada le poste de professeur de psychologie d'une université américaine, arrive au mois de février en Angleterre et donne aussitôt une magistrale interprétation psychologique pure de Dada, dans une conférence âprement interrompue par notre ami Ralph Rumney, animateur du Comité Psychogéographique de Londres. En mars, à Paris, Georges Hugnet publie l'ouvrage que l'on attendait sur Dada, ses origines, son histoire — déjà —, son avenir immédiat et ses perspectives à longue échéance. Tzara ne se lasse pas de reprendre et de parfaire son interprétation léniniste pure de Dada. On publie en volume des textes de Cravan, présenté par M. Bernard Delvaille comme son semblable, son frère — et un grand poète ayant surtout le mérite d'avoir pressenti une sensibilité typique des vacances sur la Côte d'Azur.

Enfin, on réunit dans la Galerie de l'Institut les dernières productions variées du Mouvement Dada. Les créateurs attendent anxieusement l'inévitable scandale, il ne manque pas : les jeunes employés d'une petite maison d'édition spécialisée dans le porte-à-porte, après avoir convoqué la presse et les photographes, ne mâchent pas leurs mots : « Vive la poésie ! Vive la peinture ! Vive l'art véritable ! » disent-ils.

Les intellectuels bourgeois luttent naturellement de toutes leurs forces sur le front anti-Dada, au point même d'en négliger la justification quotidienne de la répression d'Algérie.

EXTRAITS D'UNE RÉPONSE AU DÉBAT DU « CERCLE OUVERT » SUR « LES INTERPRÉTATIONS MARXISTES DE L'HISTOIRE »

... L'objection bien connue (qui est celle aussi de R. Aron) selon laquelle il existerait « une non-vérification de la prévision marxiste en ce qui concerne l'Occident » est facilement réfutable si l'on distingue dans les théories de Marx les affirmations (et non les prévisions) qui renforcent la conscience de classe du prolétariat des analyses (polémiques, elles aussi) du processus cyclique des crises capitalistes. Les premières ne sont prévisions que par « mythologie » ; les secondes sont des prévisions en tant que telles : c'est-à-dire que Marx économiste prévoyait le déterminisme final auquel se trouverait acculé le système capitaliste, mais que Marx, philosophe et révolutionnaire (les deux sont identiques) n'a jamais prévu à quel moment la subjectivité des hommes, leur praxis, rejoindrait les données objectives. De là une apparente contradiction dans ses théories ; mais si on admet que les hommes sont toujours libres de faire ou non la révolution, comment ne pas admettre aussitôt que le déterminisme des prévisions économiques marxistes demeure valable tant que ces hommes précisément se refusent à faire la révolution ? Les prévisions de Marx se fondent précisément sur le fait que les hommes font l'histoire, mais « qu'ils ne la font pas librement ». Par conséquent, l'objection de J.-F. Rolland est une objection d'historien et non de marxiste. Elle serait valable si les hommes investis du pouvoir de négativité dans l'histoire (les prolétaires) étaient des hommes entièrement déterminés, y compris par les prévisions de Marx, à faire cette révolution dans les pays les plus avancés du système capitaliste. Le fait ne s'est pas produit, mais cela n'implique nullement une erreur de Marx, seulement l'erreur du prolétariat de ces pays-là...

Les interventions de Rolland et de M. Landeau attirent l'attention sur ce qu'il est convenu d'appeler aujourd'hui le prolétariat technique et l'accroissement du « secteur tertiaire ». À la conclusion de Rolland : « Le schéma de Marx, qui prévoyait une prolétarisation croissante des classes moyennes, arrivait au terme où il n'y avait plus qu'un petit nombre d'exploiteurs et un grand nombre de prolétaires. Il est évident que cette perspective est infirmée », on peut répondre que la perspective prochaine, la perspective politique à laquelle personne ne semble avoir songé dans cette discussion est la disparition du mouvement ouvrier lui-même dans la mesure où la classe ouvrière devient révolutionnaire et technique. L'accroissement du « secteur tertiaire » recouvre en fait une mutation plus profonde : la disparition du prolétariat. Il dépend des hommes que cette disparition soit ou non révolutionnaire, et par conséquent on ne peut prétendre que le schéma marxiste ait été infirmé tant que cette révolution ne s'est pas produite ou n'a été, au moins, tentée. Cela est si vrai, politiquement, que tout l'échec du réformisme est contenu dans l'absence d'un programme socialiste réel qui se substituerait à l'abondance des réformes obtenues dans la société capitaliste. La leçon du travaillisme anglais prouve que le réformisme, tôt ou tard, est acculé à la révolution, faute de quoi le parti socialiste devient le parti de tout le monde et de n'importe qui. Quant à « l'oppression » dont M. Landeau fait mention dans « l'édification de la société socialiste », elle est inhérente, non pas à la socialisation des moyens de production, mais au défaut de perspectives dans les rapports humains, rapports eux-mêmes issus d'une société technique appelée à disparaître par la technique elle-même.

Pour conclure, si nous voulons faire autre chose que de « l'anthologie marxiste », il est nécessaire de poser la question d'ensemble du marxisme avec les perspectives politiques qu'elle exige en 1957.

1. Qu'il existe une contradiction entre le socialisme et la paix parce que le socialisme seul est capable de garantir la paix et non l'inverse ; ce qui implique une recrudescence de la lutte des classes à l'Occident et dans les pays sous-développés, en liaison avec le mouvement communiste mondial qui s'étend de Varsovie à Pékin.

2. Que la prochaine perspective politique susceptible d'unir le prolétariat, loin d'être comparable à la reconduction des Fronts Populaires, ne peut être étayée que par la critique des structures de partis, l'annonce de la disparition du prolétariat, du mouvement ouvrier, dans l'avènement des masses révolutionnaires rendues autonomes par l'expérience du prolétariat avancé, technique, des pays les plus hautement industrialisés.

3. Que l'édification de la société socialiste n'est plus le processus inverse de la dissolution de la société capitaliste. Que cette édification reposera de plus en plus sur l'apparition de nouveaux rapports humains fondés sur la perspective politique

et économique, ayant pour but la disparition du milieu technique par la technique elle-même (sans que ceci rende l'homme à son état de « nature » — mais parce que cette évolution est la seule qui lui ferait franchir ce qui sépare le domaine de la nécessité de celui de la liberté...).

ANDRÉ FRANKIN

LE SPRINT FINAL

Un « prix de découverte » vient de s'ajouter à tous les autres. Décerné en mai, il sera un reflet du Goncourt à l'usage de ce reflet de la littérature bourgeoise qui connaissait déjà la gloire dans *Les Lettres Nouvelles*. Chaque année quelqu'un sera donc découvert, et couronné, le premier parmi ses pairs. On n'annonce nulle part si ces découvertes se feront au nom de l'esthétique découverte entre 1910 et 1930, ou d'une plus récente arme secrète de Maurice Nadeau. Mais on communique les noms des membres du jury. La rédaction de *Potlatch* offre dès à présent un prix au premier qui viendrait à être découvert parmi MM. Jean Cayrol, Bernard Dort, Louis René des Forêts, Bernard Pingaud, Jean Pouillon, Jean-Pierre Richard. Que le meilleur gagne.

UN PAS EN ARRIÈRE

Le point extrême atteint par le pourrissement de toutes les formes de la culture moderne ; l'effondrement public du système de répétition qui régnait depuis l'après-guerre ; le ralliement de divers artistes et intellectuels sur la base de nouvelles perspectives de création, encore inégalement comprises, posent maintenant la question de l'établissement, par les tendances avant-gardistes unies, d'une alternative révolutionnaire générale à la production culturelle officielle, définie à la fois par André Stil et Sagan-Drouet.

L'élargissement de nos forces, la possibilité et la nécessité d'une véritable action internationale doivent nous mener à changer profondément notre tactique. Il faut nous emparer de la culture moderne, pour l'utiliser à nos fins, et non plus mener une opposition extérieure fondée sur le seul développement futur de nos problèmes. Nous devons agir tout de suite, pour une critique et une formulation théorique communes de thèses qui se complètent, pour une application expérimentale commune de ces thèses. La tendance de *Potlatch* doit accepter, s'il le faut, une position minoritaire dans la nouvelle organisation internationale, pour en permettre l'unification. Mais toutes les réalisations concrètes de ce mouvement le porteront naturellement à s'aligner sur le programme le plus avancé.

On ne peut parler exactement de crise du lettrisme, puisque nous avons toujours voulu, et réussi, une ambiance de crise permanente; et aussi parce que, si même la notion de lettrisme n'est pas dépourvue de tout contenu, les valeurs qui nous intéressent se sont formées dans le mouvement lettriste, mais contre lui. On peut remarquer cependant qu'un certain nihilisme satisfait, majoritaire dans l'I.L. jusqu'aux exclusions de 1953, s'est objectivement prolongé dans les excès du sectarisme qui ont contribué à fausser plusieurs de nos choix jusqu'en 1956. De telles attitudes ne vont pas sans malhonnêteté. Tel se proclamait à la pointe de l'abandon de l'écriture; prisait tant notre isolement et notre pureté inactive qu'il se prononçait pour le refus de collaborer à la revue qui, de toutes, est la plus proche de l'ensemble de nos positions. À peine est-il exclu depuis cinq jours qu'il quémande — en vain naturellement — à la direction de cette revue d'y poursuivre une collaboration littéraire «à titre personnel». Ce camarade avait-il donc agi précédemment comme un provocateur? Non, il est simplement passé d'un comportement irresponsable à un autre, inverse, quand l'alibi purement nominal du «lettrisme» lui a fait défaut, ne laissant que le vide.

Les mystifications usées du monde que nous combattons peuvent toujours à quelque détour nous paraître des nouveautés, et nous retenir. Aucune étiquette n'en abrite. Aucune séduction ne suffit. Nous avons à trouver des techniques concrètes pour bouleverser les ambiances de la vie quotidienne.

La première question pratique que nous devons résoudre est l'élargissement notable de notre base économique. Dans les conditions où nous sommes, il semble plus facile d'inventer des sentiments nouveaux qu'un nouveau métier. L'urgence que nous voyons à définir — et à justifier par la pratique — plusieurs nouvelles occupations, distinctes par exemple de la fonction sociale de l'artiste, nous porte à soutenir l'idée d'un plan économique collectif, réclamé par Piero Simondo et nos camarades italiens.

Il est certain que la décision de se servir, du point de vue économique comme du point de vue constructif, des fragments arriérés de l'esthétique moderne entraîne de graves dangers de décomposition. Des amis s'inquiètent, pour citer un cas précis, d'une prédominance numérique soudaine des peintres, dont ils jugent la production forcément insignifiante, et les attaches avec le commerce artistique indissolubles. Cependant il nous faut réunir les spécialistes de techniques très diverses; connaître les derniers développements autonomes de ces techniques — sans tomber dans l'impérialisme idéologique qui ignore la réalité des problèmes d'une discipline étrangère et veut en disposer extérieurement; expérimenter un emploi unitaire des moyens actuellement épars. Nous devons donc courir le risque d'une régression; mais tendre à dépasser au plus tôt les contradictions de la phase présente en approfondissant une théorie d'ensemble, et en parvenant à des expériences dont les résultats soient indiscutables.

Bien que certaines activités artistiques soient plus notoirement frappées à mort que d'autres, nous pensons que l'accrochage de tableaux dans une galerie est une survivance aussi forcément inintéressante qu'un livre de poèmes. Toute utilisation du cadre actuel du commerce intellectuel rend du terrain au confusionnisme idéologique, et cela jusque parmi nous; mais d'autre part nous ne pouvons rien faire sans tenir compte au départ de ce cadre momentané.

En dernier ressort, ce qui jugera la politique que nous adoptons maintenant, ce sera qu'elle se révèle ou non capable de favoriser la constitution d'un groupement international plus avancé. À défaut, elle marquerait seulement le début d'une réaction générale dans ce mouvement. La formation d'une avant-garde révolutionnaire dans la culture dépendrait alors de l'apparition d'autres forces.

G.-E. DEBORD

CERTIFICATS

L'aristocrate professionnel Mathieu, renforcé d'un nommé Hantaï (sur les lourds antécédents de cet individu, voir le numéro 13 de *Potlatch*), a exploité du mieux qu'il a pu son exposition de la Galerie Kléber pour forcer ses contemporains à lui reconnaître l'originalité d'être l'homme du monde qui va le plus loin dans la pensée rétrograde. Mais là encore, on force son talent, on triche sur ses origines. Pour trouver l'inspirateur des manifestes de Mathieu-Hantaï, il ne faut pas remonter à Thomas d'Aquin ou au duc de Brunschwick, comme ils souhaiteraient le faire croire, mais, plus près, à Marcel Aymé qui, dans une courte nouvelle intitulée *En arrière !*, s'est amusé naguère à décrire l'inverse de l'anecdote dada-surréaliste : le scandale d'un groupe de jeunes gens se faisant connaître par une série de manifestes réactionnaires jusqu'au délire. La plaisanterie était drôle, sur quatre pages : il s'est trouvé quelqu'un pour la prendre au sérieux, pour la reproduire dans sa vie.

Et les tenants de notre pauvre petit monde manquent tellement d'idées qu'il n'est pas de sottise qui ne serve plusieurs fois. Le baron Hantaï entre en lice, et voici que Paris compte déjà deux aristocrates de métier.

LA RETRAITE

Fillon et Wolman ont été exclus de l'Internationale lettriste le 13 janvier. On leur reprochait depuis assez longtemps un mode de vie ridicule, cruellement souligné par une pensée chaque jour plus débile et plus mesquine.

(Wolman avait eu un rôle important dans l'organisation de la gauche lettriste en 1952, puis dans la fondation de l'I.L. Auteur de poèmes «mégapneumiques», d'une théorie du «cinématochrone» et d'un film, il avait encore été délégué lettriste au congrès d'Alba, en septembre 1956. Il était âgé de vingt-sept ans.
Fillon n'avait rien fait.)

POUR METTRE UN POINT
FINAL À VOTRE CULTURE

«Quand l'acier fut rompu», étude de Marcel Mariën sur la déstalinisation.
«Rapport de G.-E. Debord sur la construction des situations», plate-forme de la tendance situationniste pour une nouvelle organisation de l'Internationale.
«Structure et Changement», essai d'Asger Jorn «sur le rôle de l'intelligence dans la création artistique».
«Histoire de l'Internationale lettriste», bande sonore obtenue par un détournement collectif.
                              (viennent de paraître)

DE L'HUMOUR À LA TERREUR

Caro Jorn, ho ricevuto questa mattina la lettera inviata da Parigi alla XI Triennale. Anche se non porta la mia firma, ti avverto che non voglio avere più niente a che fare con il Movimento per un Bauhaus immaginista perchè un movimento formato da genii come te e i tuoi amici francesi è fuori della mia misura.

Milano 5 gennaio 1957

SOTTSASS JR.

Rédaction : 32, rue de la Montagne-Geneviève, Paris 5ᵉ.

Bulletin d'information de l'Internationale lettriste

potlatch
29
5 novembre 1957

Le 28 juillet, la conférence de Cosio d'Arroscia s'est achevée par la décision d'unifier complètement les groupes représentés (Internationale lettriste, Mouvement international pour un Bauhaus Imaginiste, Comité psychogéographique) et par la constitution votée par 5 voix contre 1, et 2 abstentions — d'une Internationale situationniste sur la base définie par les publications préparatoires de la conférence. *Potlatch* sera désormais placé sous son contrôle.

ENCORE UN EFFORT SI VOUS VOULEZ ÊTRE SITUATIONNISTES
L'I.S. *dans* et *contre* la décomposition

à Mohamed Dahou

Le travail collectif que nous nous proposons est la création d'un nouveau *théâtre d'opérations* culturel, que nous plaçons par hypothèse au niveau d'une éventuelle construction générale des ambiances par une préparation, en quelques circonstances, des termes de la dialectique décor-comportement. Nous nous fondons sur la constatation évidente d'une déperdition des formes modernes de l'art et de l'écriture ; et l'analyse de ce mouvement continu nous conduit à cette conclusion que le dépassement de l'ensemble signifiant de faits culturels où nous voyons un état de *décomposition* parvenu à son stade historique extrême (sur la définition de ce terme, cf. « Rapport sur la construction des situations ») doit être recherché par une organisation supérieure des moyens d'action de notre époque dans la culture. C'est-à-dire que nous devons prévoir et expérimenter l'au-delà de l'actuelle atomisation des arts traditionnels usés, non pour *revenir* à un quelconque ensemble cohérent du passé (la cathédrale) mais pour ouvrir la voie d'un futur ensemble cohérent, correspondant à un nouvel état du monde dont l'affirmation la plus conséquente sera l'urbanisme et la vie quotidienne d'une société en formation. Nous voyons clairement que le développement de cette tâche suppose une révolution qui n'est pas encore faite, et que toute recherche est réduite par les contradictions du présent. L'Internationale situationniste est constituée *nominalement*, mais cela ne signifie rien que le début d'une tentative pour construire au-delà de la décomposition, dans laquelle nous sommes entièrement compris, comme tout le monde. La prise de conscience de nos possibilités réelles exige à la fois la reconnaissance du caractère pré-situationniste, au sens strict du mot, de tout ce que nous pouvons entreprendre, et la rupture sans esprit de retour avec *la division du travail artistique*. Le principal danger est une composante de ces deux erreurs : la poursuite d'œuvres fragmentaires assortie de simples proclamations sur un prétendu nouveau stade.

En ce moment la décomposition ne présente plus rien qu'une lente *radicalisation* des novateurs modérés vers les positions où se trouvaient, il y a déjà huit ou dix ans, les extrémistes réprouvés. Mais loin de tirer la leçon de ces expériences sans issue, les novateurs « de bonne compagnie » en affaiblissent encore la portée. Je prendrai des exemples en France, qui connaît certainement les phénomènes les plus avancés de la décomposition culturelle générale qui, pour diverses raisons, se manifeste *à l'état le plus pur* en Europe occidentale.

À lire les deux premières chroniques d'Alain Robbe-Grillet dans *France-Observateur* (du 10 et du 17 octobre), on est frappé par le fait qu'il est un *Isou timide* (dans ses raisonnements, comme il l'est dans son « dépassement » romanesque) : «… appartenir à l'Histoire des formes, dit-il, qui est en fin de compte le meilleur critère (et peut-être le seul) pour reconnaître une œuvre d'art ». Avec une banalité de pensée et d'expression qui finit par être bien personnelle (« répétons-le, il vaut mieux courir un risque que de choisir une erreur certaine »), et beaucoup moins d'invention et d'audace, il se réfère à la même *perception linéaire* du mouvement de l'art, idée mécaniste à fonction rassurante : « L'art continue, ou bien il meurt. Nous sommes quelques-uns qui avons choisi de continuer. » Continuer tout droit. Qui lui rappelle par analogie directe Baudelaire, en 1957 ? Claude Simon — « toutes les valeurs du passé... semblent en tout cas le prouver » (cette *apparence* de preuve dans les prétentions à la succession en ligne directe est précisément due au refus de toute dialectique, de tout changement réel). En fait, tout ce qui a été proposé de tant soit peu intéressant depuis la dernière guerre s'est naturellement situé dans la décomposition extrême, mais avec plus ou moins de volonté de chercher au-delà. Cette volonté se trouve étouffée par l'ostracisme culturel-économique et aussi par l'insuffisance des idées et propositions — ces deux aspects étant *interdépendants*. L'art *plus connu* qui apparaît dans notre temps est dominé par ceux qui savent « jusqu'où l'on peut aller trop loin » (voir l'interminable et payante agonie de la peinture post-dadaïste, qui se présente généralement comme un dadaïsme *inverti*), et qui s'en félicitent mutuellement. Leurs ambitions et leurs ennemis sont à leur mesure. Robbe-Grillet renonce modestement au titre d'avant-gardiste (il est d'ailleurs juste, quand on n'a même pas les perspectives d'une authentique « avant-garde » de la phase de décomposition, d'en refuser les inconvénients — surtout l'aspect non commercial). Il se contentera d'être un « romancier d'aujourd'hui », mais, en dehors de la petite cohorte de ses semblables, on devra convenir que les autres sont tout simplement une « arrière-garde ». Et il s'en prend courageusement à Michel de Saint-Pierre, ce qui permet de penser que parlant cinéma il s'accorderait la gloire d'injurier Gourguet et saluerait le cinéma d'aujourd'hui de quelque Astruc. En réalité, Robbe-Grillet est *actuel* pour un certain groupe social, comme Michel de Saint-Pierre est actuel pour un public constitué dans une autre classe. Tous deux sont bien « d'aujourd'hui » par rapport à leur public, et rien de plus, dans la mesure où ils exploitent, avec des sensibilités différentes, des degrés voisins d'un *mode d'action culturel* traditionnel. Ce n'est pas grand-chose d'être *actuel* : on n'est que plus ou moins *décomposé*. La nouveauté est maintenant entièrement dépendante d'un saut à un niveau supérieur.

Ce qui caractérise les gens qui n'ont pas de perspective au-delà de la décomposition, c'est leur timidité. Ne voyant rien après les structures actuelles, et les connaissant assez bien pour sentir qu'elles sont condamnées, ils veulent *les détruire à petit feu*, en laisser pour les suivants. Ils sont comparables aux réformistes politiques, aussi impuissants mais nuisibles qu'eux : vivant de la vente de faux remèdes. Celui qui ne conçoit pas une transformation radicale soutient des *aménagements* du donné — pratiqués avec élégance —, et n'est séparé que par quelques *préférences chronologiques* des réactionnaires conséquents, de ceux qui (politiquement à droite ou à gauche) veulent le retour à des stades antérieurs (*plus solides*) de la culture qui achève de se décomposer. Françoise Choay dont les naïves critiques d'art sont très représentatives du goût des « intellectuels-libres-et-de-gauche » qui constituent la principale base sociale de la décomposition culturelle timide, quand elle en vient à écrire (*France-Observateur* du 17 octobre) : « La voie dans laquelle Francken s'oriente... est actuellement une des chances de survie de la peinture » trahit des préoccupations *fondamentalement voisines* de celles de Jdanov (« Avons-nous bien fait... de mettre en déroute les liquidateurs de la peinture ? »).

Nous sommes enfermés dans des rapports de production qui contredisent le développement nécessaire des forces productives, *aussi* dans la sphère de la culture. Nous devons battre en brèche ces rapports traditionnels, *les arguments et les modes qu'ils entretiennent*. Nous devons nous diriger vers un *au-delà* de la culture actuelle, par une *critique désabusée des domaines existants*, et par leur *intégration* dans une construction spatio-temporelle unitaire (la situation : système dynamique d'un milieu et d'un comportement ludique) qui réalisera un *accord supérieur de la forme et du contenu*.

Cependant les perspectives, en elles-mêmes, ne peuvent aucunement valoriser des productions réelles qui prennent naturellement leur sens par rapport à la confusion dominante, et cela y compris dans nos esprits. Parmi nous, des propositions théoriques utilisables peuvent être contredites par des œuvres effectives limitées à des secteurs anciens (sur lesquels il faut *d'abord* agir puisqu'ils sont seuls pour l'instant à posséder une réalité commune). Ou bien d'autres camarades qui ont fait, sur des points précis, des expériences intéressantes, se perdent dans des théories périmées : ainsi W. Olmo qui ne manque pas de bonne volonté pour relier ses recherches sonores aux constructions des ambiances, emploie des formulations si défectueuses dans un texte récemment soumis à l'I.S. («Pour un concept d'expérimentation musicale») qu'il a rendu nécessaire une mise au point («Remarques sur le concept d'art expérimental»), toute une discussion qui, à mon avis, ne présente même plus le souvenir d'une actualité.

De même qu'il n'y a pas de «situationnisme» comme *doctrine*, il ne faut pas laisser qualifier de réalisations situationnistes certaines expériences anciennes — ou tout ce à quoi notre faiblesse idéologique et pratique nous limiterait maintenant. Mais à l'inverse, nous ne pouvons admettre la mystification même comme valeur provisoire. Le fait empirique abstrait que constitue telle ou telle manifestation de la culture décomposée d'aujourd'hui ne prend sa signification concrète que par sa liaison avec la vision d'ensemble d'une fin ou d'un commencement de civilisation. C'est-à-dire que finalement notre sérieux peut intégrer et dépasser la mystification, de même que ce qui se veut mystification pure témoigne d'un état historique réel de la pensée décomposée. En juin dernier, on a obtenu le scandale qui va de soi en présentant à Londres un film que j'ai fait en 1952, qui n'est pas une mystification et encore moins une réalisation situationniste, mais qui dépend de complexes motivations lettristes de cette époque (les travaux sur le cinéma d'Isou, Marco, Wolman), et participe donc pleinement de la phase de décomposition, précisément dans sa forme la plus extrême, sans même avoir — en dehors de quelques allusions programmatiques — la volonté de développements positifs qui caractérisait les œuvres auxquelles je viens de faire allusion. Depuis on a présenté au même public londonien (Institute of Contemporary Arts) des tableaux exécutés par des chimpanzés, qui soutiennent la comparaison avec l'honnête peinture tachiste. Ce voisinage me paraît instructif. Les *consommateurs passifs* de la culture (on comprend bien que nous tablons sur une possibilité de participation active dans un monde où les «esthètes» seront oubliés) peuvent aimer n'importe quelle manifestation de la décomposition (ils auraient raison dans le sens où ces manifestations sont précisément celles qui expriment le mieux leur époque de crise et de déclin, mais il est visible qu'ils *préfèrent* celles d'entre elles qui *masquent un peu* cet état). Je crois qu'ils en arriveront à *aimer* mon film et les peintures des singes dans cinq ou six ans de plus, comme ils aiment déjà Robbe-Grillet. La seule différence réelle entre la peinture des singes et mon œuvre cinématographique complète à ce jour est son éventuelle signification menaçante pour la culture qui nous contient, c'est-à-dire un pari sur certaines formations de l'avenir. Et je ne sais de quel côté il faudra ranger Robbe-Grillet si l'on estime qu'à certains moments de rupture on est conscient ou non d'un tournant qualitatif ; et que dans la négative les nuances n'importent pas.

Mais notre pari est toujours à refaire, et c'est nous-mêmes qui produisons les diverses chances de réponse. Nous souhaitons de transformer ce temps (alors que tout ce que nous aimons, à commencer par notre attitude de recherche, *en fait aussi partie*) et non d'« écrire pour lui » comme se le propose la vulgarité satisfaite : Robbe-Grillet et son temps se contentent l'un de l'autre. Au contraire nos ambitions sont nettement mégalomanes, mais peut-être pas mesurables aux critères dominants de la réussite. Je crois que tous mes amis se satisferaient de travailler anonymement au ministère des Loisirs d'un gouvernement qui se préoccupera enfin de changer la vie, avec des salaires d'ouvriers qualifiés.

G.-E. DEBORD

LES PSYCHOGÉOGRAPHES TRAVAILLENT

Le 10 août, vers 18 h 30, j'ai dépanné une jeune fille hindoue qui ne parlait pas un mot de français. Elle était en difficulté au portillon du métro Saint-Lazare. Je lui ai expliqué quel itinéraire elle devait prendre pour se rendre à Bièvres, au séminaire des Missions Étrangères. Tout cela était clairement expliqué sur un papier qu'elle m'a fait lire (en anglais). Je l'ai accompagnée sur le quai et fait monter dans la voiture de tête, en disant rapidement au chef de train de la faire descendre à Montparnasse. Lundi, par acquit de conscience, désireuse de savoir si cette enfant était bien arrivée, je m'inquiétai de savoir si elle avait pu arriver à temps pour prendre son autocar, étant donné l'heure tardive. On ne l'a pas vue au séminaire, et mardi la Supérieure n'avait encore vu personne. À l'ambassade de l'Inde, pas de nouvelles. S'est-elle perdue ? A-t-elle été kidnappée ? C'est un mystère...

« Une Lectrice Morfondue »
écrit aux « Cœurs Malheureux »
France-Soir, 27 août 1957

PUBLICATIONS DEPUIS JUIN 1957

A. Jorn et Debord
— *Fin de Copenhague*, essai d'écriture détournée
— *Guide psychogéographique de Paris*.

Asger Jorn
— *Guldhorn og Lykkehjul*, méthodologie des cultes, préfacée par P. V. Glob.
— *Contre le Fonctionnalisme.*

Sous presse :

— *L'œuvre peint de G. Pinot-Gallizio*, précédé d'un Éloge par Michèle Bernstein.

En préparation :

Ralph Rumney
— *Psychogeographical Venice.*
Traduction arabe et préface d'Abdelhafid Khatib pour le *Rapport sur la construction des situations.*

LE TOUR D'HONNEUR

Comme suite à l'article intitulé « Le sprint final » (*Potlatch*, n° 28), nous communiquons que le vainqueur est M. Bernard Dort (*Corneille*, aux éditions de l'Arche).

ON PREND LES MÊMES ET ON CONTINUE OU LA VITA NOVA

Le mouvement milanais de l'« Arte Nucleare », qui s'était signalé en 1952 par un manifeste de quatorze lignes, reparaît au premier plan de l'actualité. Ses animateurs permanents, les peintres Baj et Dangelo, viennent de consacrer quarante-huit lignes au bouleversement de l'art moderne.

Ayant analysé le processus de destruction de la peinture à travers les réductions successives effectivement opérées par l'impressionnisme, le cubisme et l'art abstrait : « sujets conventionnels… la reproduction objective… l'illusoire nécessité de représentation » ; et cherchant quoi dévorer à leur tour pour se faire un nom dans leur art, ils ont trouvé par hasard, dans un dictionnaire, *le style*.

C'est donc au style, conçu comme entité métaphysique, qu'ils renoncent. Loin de quitter aussi la palette pour ce coup, mais transfigurés par la grâce, ils voient s'ouvrir une nouvelle et éclatante carrière picturale qu'ils nous invitent à imiter : on fera la même chose qu'avant, mais ce sera dans *l'antistyle*.

L'appel (« Contre le Style ») rédigé en trois langues et imprimé recto-verso n'a pas réuni moins de vingt-deux signataires venus des positions les plus hétéroclites de la décomposition culturelle, et qui n'ont en commun que la conviction qu'il est toujours bon de publier sa signature sous un texte — quand on n'est pas sûr qu'il soit stupide ; et une certaine incapacité de reconnaître la bêtise, même à cette échelle cosmique.

Il faut noter, du reste, que Baj se fait du tort en se laissant entraîner à des incontinences rhétoriques acquises dans son second métier car, en tant que peintre de cette époque dont il est si peu doué pour sortir, il en vaut bien quelques autres.

Rédaction : 32 rue de la Montagne-Geneviève, Paris 5ᵉ.

Informations intérieures de l'Internationale situationniste

potlatch
30
15 juillet 1959
Nouvelle série, n° 1

LE RÔLE DE *POTLATCH*, AUTREFOIS ET MAINTENANT

Potlatch était le titre d'un bulletin d'information de l'Internationale lettriste, dont 29 numéros furent diffusés, de Paris, entre juin 1954 et novembre 1957. Instrument de propagande dans une période de transition entre les tentatives avant-gardistes insuffisantes et manquées de l'après-guerre et l'organisation de la révolution culturelle que commencent maintenant systématiquement les situationnistes, *Potlatch* a été sans doute en son temps l'expression la plus extrémiste, c'est-à-dire la plus avancée dans la recherche d'une nouvelle culture, et d'une nouvelle vie.

Quelques diverses fortunes que puisse connaître notre entreprise, *Potlatch* a été seul à combler le vide des idées culturelles d'une époque, le trou apparent au milieu des années 50. Il est déjà assuré d'être pour l'histoire, non un témoignage de fidélité à l'esprit moderne au moment où régnait sa parodie réactionnaire, mais un document sur une recherche expérimentale dont l'avenir fera son problème central. Mais cet avenir est commencé, est en jeu dans chacune de nos vies. Le véritable succès que l'on peut attribuer à *Potlatch* est d'avoir servi à l'unité du mouvement situationniste, sur un terrain plus large et plus nouveau.

On sait que *Potlatch* tirait son titre du nom, chez des Indiens d'Amérique du Nord, d'une forme pré-commerciale de la circulation des biens, fondée sur la réciprocité de cadeaux somptuaires. Les biens non vendables qu'un tel bulletin gratuit peut distribuer, ce sont des désirs et des problèmes inédits; et seul leur approfondissement par d'autres peut constituer un cadeau en retour. Ce qui explique que dans *Potlatch* l'échange d'expériences a été souvent suppléé par un échange d'injures, de ces injures que l'on doit aux gens qui ont de la vie une moins grande idée que nous.

Depuis la conférence de fondation de l'I.S. à Cosio d'Arroscia, *Potlatch* appartenait aux situationnistes, qui en interrompirent presque aussitôt la publication. À Munich, la Conférence situationniste adopta, sur la proposition de Wyckaert, le principe de la parution d'une nouvelle série de *Potlatch*, pour servir cette fois à la seule liaison intérieure entre les sections de l'I.S. La rédaction et la diffusion du nouveau *Potlatch* ont été placées sous la responsabilité de notre section hollandaise.

La nouvelle tâche de *Potlatch*, dans un cadre différent, est aussi importante que l'ancienne. Nous avons progressé et, ce faisant, nous avons aussi augmenté nos difficultés et nos chances de contribuer à tout autre chose que ce que nous voulons. Nous vivons, comme devront le faire les novateurs réels jusqu'au renversement de toutes les conditions dominantes de la culture, dans cette contradiction centrale : nous sommes en même temps une présence et une contestation dans les arts que l'on appelle actuellement modernes. Nous devons conserver et surmonter cette négativité, avec son dépassement vers un terrain culturel supérieur. Mais nous ne pouvons prendre notre parti des moyens donnés de l'« expression » esthétique, ni des goûts qu'elle nourrit. Pour le dépassement de ce monde risible et solide, l'I.S. peut être un bon instrument. Ou bien elle peut se figer comme un obstacle de plus, obstacle d'un « nouveau style ». Souhaitons qu'elle aille aussi loin qu'il faut. Souhaitons à *Potlatch* de travailler utilement à cette fin.

DEBORD

LA IIIe CONFÉRENCE DE L'INTERNATIONALE SITUATIONNISTE

Les situationnistes ont tenu leur IIIe Conférence internationale à Munich du 17 au 20 avril 1959, quinze mois après la IIe Conférence (Paris, janvier 1958). Six sections de l'I.S. (Allemagne, Belgique, Danemark, France, Hollande, Italie) étaient représentées par Armando, Constant, Debord, Eisch, Gallizio, Höfl, Jorn, Melanotte, Oudejans, Prem, Stadler, Sturm, Wyckaert et Zimmer. La conférence a débattu de nombreuses questions posées du point de vue théorique comme du point de vue de la tactique à suivre, par l'extension du mouvement situationniste. Une déclaration en onze points a été adoptée à l'unanimité comme définition minimum de l'action situationniste : un projet, qui a été très peu modifié par une longue discussion de chaque point, en avait déjà paru dans le numéro 2 de notre revue *Internationale situationniste*. Le lancement d'une édition allemande de cette revue a été décidé pour l'automne. La clôture de la conférence a été marquée par la publication d'un avis intitulé « Ein kultureller Putsch während Ihr schlaft ! » (Un putsch culturel pendant que vous dormiez).

DANS LES GALERIES DE PARIS

La peinture détournée d'Asger Jorn a été exposée le 6 mai, à la Galerie Rive Gauche. Il s'agissait de vingt tableaux quelconques, partiellement repeints par Jorn. Les tableaux primitifs, qui avaient été faits en divers pays dans les cent dernières années, allaient du style purement pompier à l'impressionnisme. Cette exposition, qui se proposait de « montrer que la nourriture préférée de la peinture, c'est la peinture », a été une forte illustration des thèses situationnistes sur le détournement, mode d'action à notre avis essentiel dans la culture de transition. Jorn, rappelant qu'il faut considérer « toutes les créations comme étant en même temps des réinvestissements », écrivait dans l'avertissement publié à ce propos (« Peinture détournée ») :
« Gardez vos souvenirs, mais détournez-les pour qu'ils correspondent à votre époque. Pourquoi rejeter l'ancien, si on peut le moderniser avec quelques traits de pinceau ?... Le détournement est un jeu dû à la capacité de dévalorisation. Celui qui est capable de dévaloriser peut seul créer de nouvelles valeurs. [...] À vous de choisir entre le monument historique et l'acte qui le mérite. »

Le 13 mai, à la Galerie Drouin, les murs, le plafond et le sol ont été entièrement recouverts avec 145 mètres de la peinture industrielle de Gallizio. La mauvaise présentation de cet « essai de construction d'une ambiance » n'a malheureusement pas permis d'aboutir à une application efficace de la peinture industrielle déjà vue en Italie et en Allemagne.

PREMIÈRES MAQUETTES
POUR L'URBANISME NOUVEAU

Le 4 mai a commencé au Stedelijk Museum d'Amsterdam une exposition d'une trentaine de constructions spatiales de Constant. Ces constructions résument un développement expérimental prolongé sur plusieurs années. Les dernières constructions de cette série chronologique sont, au plein sens du mot, des maquettes destinées à l'urbanisme unitaire; les constructions intermédiaires ayant été des maquettes de monuments isolés; et les premières recherches s'étant arrêtées à une forme extrême de la sculpture.
Avec ces premiers essais de Constant le problème des maquettes de l'urbanisme unitaire est seulement ouvert. Cependant cette exposition peut marquer le passage, à l'intérieur de la production artistique moderne, de l'objet-marchandise se suffisant à lui-même et dont la fonction est d'être simplement regardé, à l'objet-projet dont la valorisation plus complexe en appelle à une action à mener, action d'un type supérieur concernant la totalité de la vie.

SUR L'ENLÈVEMENT DES
ORDURES DE L'INTELLIGENCE

Copie de nos communications télégraphiques, au début de février 1959, avec Hans Platschek, signataire un an auparavant du premier manifeste situationniste en Allemagne, et mêlé depuis à une revue dadaïsto-royaliste de Basel (Suisse).

L'I.S. à Platschek : « Après ta récidive dans *Panderma*, Internationale situationniste te considère comme crétin définitif. Va faire ta cour à Hantaï. »

Platschek à l'I.S. : « Il faut exterminer les concierges de Paris dont l'esprit de contrôle a infecté les intellectuels révolutionnaires. Le nous est haïssable. »

L'I.S. à Platschek : « L'individualiste Platschek est aimable. C'est un intellectuel révolutionnaire si on ne contrôle pas. Mais le contrôle a été trop facile. C'est fini. Le Je sans le Nous retombe dans la masse préfabriquée. »

Signalons au passage que Platschek se trouve être seulement le sixième cas d'exclusion depuis la formation de l'I.S.

LE GRAND JEU À VENIR

La nécessité de construire rapidement, et en grand nombre, des cités entières, nécessité qu'entraînent l'industrialisation des pays sous-développés et la crise aiguë du logement depuis la guerre, a mené à une position centrale de l'urbanisme parmi les problèmes actuels de la culture. Nous allons même jusqu'à considérer tout développement dans cette culture comme impossible sans de nouvelles conditions de notre entourage quotidien. L'urbanisme doit envisager de telles conditions. Il faut tout d'abord constater que les premières expériences qu'ont entreprises des équipes d'architectes et sociologues se sont arrêtées devant une impuissance de l'imagination collective que nous tenons pour responsable de l'approche limitée et arbitraire de ces expériences. L'urbanisme, tel que le conçoivent les urbanistes professionnels d'aujourd'hui, est réduit à l'étude pratique du logement et de la circulation, comme des problèmes isolés. Le manque total de solutions ludiques dans l'organisation de la vie sociale empêche l'urbanisme de s'élever au niveau de la création, et l'aspect morne et stérile de la plupart des quartiers nouveaux en témoigne atrocement.

Les situationnistes, explorateurs spécialisés du jeu et des loisirs, comprennent que l'aspect visuel des villes ne compte qu'en rapport avec les effets psychologiques qu'il pourra produire, et qui devront être calculés dans le total des fonctions à prévoir. Notre conception de l'urbanisme n'est pas limitée à la construction et à ses fonctions, mais aussi à tout usage qu'on pourra en faire, ou même en imaginer. Il va de soi que cet usage devra changer avec les conditions sociales qui le permettent, et que notre conception de l'urbanisme est donc tout d'abord dynamique. Aussi nous rejetons cette mise en place de bâtiments dans un paysage fixé qui passe maintenant pour le nouvel urbanisme. Au contraire, nous pensons que tout élément statique et inaltérable doit être évité, et que le caractère variable ou meuble des éléments architecturaux est la condition d'une relation souple avec les événements qui y seront vécus.

Étant conscients de ce que les loisirs à venir, et les nouvelles situations que nous commençons à construire, doivent profondément changer l'idée de fonction qui est au départ d'une étude urbaniste, nous pouvons déjà élargir notre connaissance du problème par l'expérimentation de certains phénomènes liés à l'ambiance urbaine : l'animation d'une rue quelconque, l'effet psychologique de diverses surfaces et constructions, le changement rapide de l'aspect d'un espace par des éléments éphémères, la rapidité avec laquelle l'ambiance des endroits change, et les variations possibles dans l'ambiance générale de divers quartiers. La dérive, telle que la pratiquent les situationnistes, est un moyen efficace pour étudier ces phénomènes dans les villes existantes, et pour en tirer des conclusions provisoires. La notion psychogéographique ainsi obtenue a déjà mené à la création de plans et de maquettes d'un type imaginiste, qu'on peut appeler la science-fiction de l'architecture.

Les inventions techniques qui sont actuellement au service de l'humanité joueront un grand rôle dans la construction des cités-ambiances à venir. Il est notable et significatif que ces inventions, jusqu'à présent, n'aient rien ajouté aux activités culturelles existantes, et que les artistes-créateurs n'aient rien su en faire. Les possibilités du cinéma, de la télévision, de la radio, des déplacements et communications rapides, n'ont pas été utilisées et leur effet sur la vie culturelle a été des plus misérables. L'exploration de la technique et son utilisation à des fins ludiques supérieures sont une des tâches les plus urgentes pour favoriser la création d'un urbanisme unitaire, à l'échelle qu'exige la société future.

CONSTANT

PROCHAINS TRAVAUX SITUATIONNISTES

Le prochain numéro de la revue *Internationale situationniste*, bulletin central de l'I.S., paraîtra au mois de septembre. Ce sera un numéro double (3-4) spécialement consacré d'une part aux débats et aux décisions de la conférence de Munich, et d'autre part à l'urbanisme unitaire.

Une manifestation générale du mouvement situationniste aura lieu à Amsterdam à la fin du mois de mai 1960. Le projet comporte simultanément la construction d'un labyrinthe et l'aménagement à l'intérieur de celui-ci d'éléments d'atmosphère ludiques ; une exposition d'objets et de documents ; un cycle de conférences permanentes ; une intervention directe dans l'urbanisme et la vie quotidienne d'une grande ville, avec organisation de dérives radioguidées.

ŒUVRES DE GUY DEBORD

Aux Éditions Gallimard

LA SOCIÉTÉ DU SPECTACLE. (Folio n° 2788)

COMMENTAIRES SUR LA SOCIÉTÉ DU SPECTACLE (Folio n° 2905) *suivi de* PRÉFACE À LA QUATRIÈME ÉDITION ITALIENNE DE « LA SOCIÉTÉ DU SPECTACLE ».

CONSIDÉRATIONS SUR L'ASSASSINAT DE GÉRARD LEBOVICI.

PANÉGYRIQUE. *Tome premier.*

« CETTE MAUVAISE RÉPUTATION... »

ŒUVRES CINÉMATOGRAPHIQUES COMPLÈTES.

COLLECTION FOLIO

Dernières parutions

2645. Jerome Charyn — *Elseneur.*
2646. Sylvie Doizelet — *Chercher sa demeure.*
2647. Hervé Guibert — *L'homme au chapeau rouge.*
2648. Knut Hamsun — *Benoni.*
2649. Knut Hamsun — *La dernière joie.*
2650. Hermann Hesse — *Gertrude.*
2651. William Hjortsberg — *Le sabbat dans Central Park.*
2652. Alexandre Jardin — *Le Petit Sauvage.*
2653. Philip Roth — *Patrimoine.*
2655. Fédor Dostoïevski — *Les Frères Karamazov.*
2656. Fédor Dostoïevski — *L'Idiot.*
2657. Lewis Carroll — *Alice au pays des merveilles. De l'autre côté du miroir.*
2658. Marcel Proust — *Le Côté de Guermantes.*
2659. Honoré de Balzac — *Le Colonel Chabert.*
2660. Léon Tolstoï — *Anna Karénine.*
2661. Fédor Dostoïevski — *Crime et châtiment.*
2662. Philippe Le Guillou — *La rumeur du soleil.*
2663. Sempé-Goscinny — *Le petit Nicolas et les copains.*
2664. Sempé-Goscinny — *Les vacances du petit Nicolas.*
2665. Sempé-Goscinny — *Les récrés du petit Nicolas.*
2666. Sempé-Goscinny — *Le petit Nicolas a des ennuis.*
2667. Emmanuèle Bernheim — *Un couple.*
2668. Richard Bohringer — *Le bord intime des rivières.*
2669. Daniel Boulanger — *Ursacq.*
2670. Louis Calaferte — *Droit de cité.*
2671. Pierre Charras — *Marthe jusqu'au soir.*
2672. Ya Ding — *Le Cercle du Petit Ciel.*

2673.	Joseph Hansen	*Les mouettes volent bas.*
2674.	Agustina Izquierdo	*L'amour pur.*
2675.	Agustina Izquierdo	*Un souvenir indécent.*
2677.	Philippe Labro	*Quinze ans.*
2678.	Stéphane Mallarmé	*Lettres sur la poésie.*
2679.	Philippe Beaussant	*Le biographe.*
2680.	Christian Bobin	*Souveraineté du vide* suivi de *Lettres d'or.*
2681.	Christian Bobin	*Le Très-Bas.*
2682.	Frédéric Boyer	*Des choses idiotes et douces.*
2683.	Remo Forlani	*Valentin tout seul.*
2684.	Thierry Jonquet	*Mygale.*
2685.	Dominique Rolin	*Deux femmes un soir.*
2686.	Isaac Bashevis Singer	*Le certificat.*
2687.	Philippe Sollers	*Le Secret.*
2688.	Bernard Tirtiaux	*Le passeur de lumière.*
2689.	Fénelon	*Les Aventures de Télémaque.*
2690.	Robert Bober	*Quoi de neuf sur la guerre?*
2691.	Ray Bradbury	*La baleine de Dublin.*
2692.	Didier Daeninckx	*Le der des ders.*
2693.	Annie Ernaux	*Journal du dehors.*
2694.	Knut Hamsun	*Rosa.*
2695.	Yachar Kemal	*Tu écraseras le serpent.*
2696.	Joseph Kessel	*La steppe rouge.*
2697.	Yukio Mishima	*L'école de la chair.*
2698.	Pascal Quignard	*Le nom sur le bout de la langue.*
2699.	Jacques Sternberg	*Histoires à mourir de vous.*
2701.	Calvin	*Œuvres choisies.*
2702.	Milan Kundera	*L'art du roman.*
2703.	Milan Kundera	*Les testaments trahis.*
2704.	Rachid Boudjedra	*Timimoun.*
2705.	Robert Bresson	*Notes sur le cinématographe.*
2706.	Raphaël Confiant	*Ravines du devant-jour.*
2707.	Robin Cook	*Les mois d'avril sont meurtriers.*
2708.	Philippe Djian	*Sotos.*
2710.	Gabriel Matzneff	*La prunelle de mes yeux.*
2711.	Angelo Rinaldi	*Les jours ne s'en vont pas longtemps.*

2712.	Henri Pierre Roché	*Deux Anglaises et le continent.*
2714.	Collectif	*Dom Carlos* et autres nouvelles françaises du XVIIe siècle.
2715.	François-Marie Banier	*La tête la première.*
2716.	Julian Barnes	*Le porc-épic.*
2717.	Jean-Paul Demure	*Aix abrupto.*
2718.	William Faulkner	*Le gambit du cavalier.*
2719.	Pierrette Fleutiaux	*Sauvée !*
2720.	Jean Genet	*Un captif amoureux.*
2721.	Jean Giono	*Provence.*
2722.	Pierre Magnan	*Périple d'un cachalot.*
2723.	Félicien Marceau	*La terrasse de Lucrezia.*
2724.	Daniel Pennac	*Comme un roman.*
2725.	Joseph Conrad	*L'Agent secret.*
2726.	Jorge Amado	*La terre aux fruits d'or.*
2727.	Karen Blixen	*Ombres sur la prairie.*
2728.	Nicolas Bréhal	*Les corps célestes.*
2729.	Jack Couffer	*Le rat qui rit.*
2730.	Romain Gary	*La danse de Gengis Cohn.*
2731.	André Gide	*Voyage au Congo* suivi de *Le retour du Tchad.*
2733.	Ian McEwan	*L'enfant volé.*
2734.	Jean-Marie Rouart	*Le goût du malheur.*
2735.	Sempé	*Âmes sœurs.*
2736.	Émile Zola	*Lourdes.*
2737.	Louis-Ferdinand Céline	*Féerie pour une autre fois.*
2738.	Henry de Montherlant	*La Rose de sable.*
2739.	Vivant Denon Jean-François de Bastide	*Point de lendemain*, suivi de *La Petite Maison.*
2740.	William Styron	*Le choix de Sophie.*
2741.	Emmanuèle Bernheim	*Sa femme.*
2742.	Maryse Condé	*Les derniers rois mages.*
2743.	Gérard Delteil	*Chili con carne.*
2744.	Édouard Glissant	*Tout-monde.*
2745.	Bernard Lamarche-Vadel	*Vétérinaires.*
2746.	J.M.G. Le Clézio	*Diego et Frida.*
2747.	Jack London	*L'amour de la vie.*
2748.	Bharati Mukherjee	*Jasmine.*
2749.	Jean-Noël Pancrazi	*Le silence des passions.*

2750.	Alina Reyes	*Quand tu aimes, il faut partir.*
2751.	Mika Waltari	*Un inconnu vint à la ferme.*
2752.	Alain Bosquet	*Les solitudes.*
2753.	Jean Daniel	*L'ami anglais.*
2754.	Marguerite Duras	*Écrire.*
2755.	Marguerite Duras	*Outside.*
2756.	Amos Oz	*Mon Michaël.*
2757.	René-Victor Pilhes	*La position de Philidor.*
2758.	Danièle Sallenave	*Les portes de Gubbio.*
2759.	Philippe Sollers	*PARADIS 2.*
2760.	Mustapha Tlili	*La rage aux tripes.*
2761.	Anne Wiazemsky	*Canines.*
2762.	Jules et Edmond de Goncourt	*Manette Salomon.*
2763.	Philippe Beaussant	*Héloïse.*
2764.	Daniel Boulanger	*Les jeux du tour de ville.*
2765.	Didier Daeninckx	*En marge.*
2766.	Sylvie Germain	*Immensités.*
2767.	Witold Gombrowicz	*Journal I (1953-1958).*
2768.	Witold Gombrowicz	*Journal II (1959-1969).*
2769.	Gustaw Herling	*Un monde à part.*
2770.	Hermann Hesse	*Fiançailles.*
2771.	Arto Paasilinna	*Le fils du dieu de l'Orage.*
2772.	Gilbert Sinoué	*La fille du Nil.*
2773.	Charles Williams	*Bye-bye, bayou!*
2774.	Avraham B. Yehoshua	*Monsieur Mani.*
2775.	Anonyme	*Les Mille et Une Nuits III (contes choisis).*
2776.	Jean-Jacques Rousseau	*Les Confessions.*
2777.	Pascal	*Les Pensées.*
2778.	Lesage	*Gil Blas.*
2779.	Victor Hugo	*Les Misérables I.*
2780.	Victor Hugo	*Les Misérables II.*
2781.	Dostoïevski	*Les Démons (Les Possédés).*
2782.	Guy de Maupassant	*Boule de suif* et autres nouvelles.
2783.	Guy de Maupassant	*La Maison Tellier. Une partie de campagne* et autres nouvelles.
2784.	Witold Gombrowicz	*La pornographie.*

2785.	Marcel Aymé	*Le vaurien.*
2786.	Louis-Ferdinand Céline	*Entretiens avec le Professeur Y.*
2787.	Didier Daeninckx	*Le bourreau et son double.*
2788.	Guy Debord	*La Société du Spectacle.*
2789.	William Faulkner	*Les larrons.*
2790.	Élisabeth Gille	*Le crabe sur la banquette arrière.*
2791.	Louis Martin-Chauffier	*L'homme et la bête.*
2792.	Kenzaburô Ôé	*Dites-nous comment survivre à notre folie.*
2793.	Jacques Réda	*L'herbe des talus.*
2794.	Roger Vrigny	*Accident de parcours.*
2795.	Blaise Cendrars	*Le Lotissement du ciel.*
2796.	Alexandre Pouchkine	*Eugène Onéguine.*
2797.	Pierre Assouline	*Simenon.*
2798.	Frédéric H. Fajardie	*Bleu de méthylène.*
2799.	Diane de Margerie	*La volière suivi de Duplicités.*
2800.	François Nourissier	*Mauvais genre.*
2801.	Jean d'Ormesson	*La Douane de mer.*
2802.	Amos Oz	*Un juste repos.*
2803.	Philip Roth	*Tromperie.*
2804.	Jean-Paul Sartre	*L'engrenage.*
2805.	Jean-Paul Sartre	*Les jeux sont faits.*
2806.	Charles Sorel	*Histoire comique de Francion.*
2807.	Chico Buarque	*Embrouille.*
2808.	Ya Ding	*La jeune fille Tong.*
2809.	Hervé Guibert	*Le Paradis.*
2810.	Martín Luis Guzmán	*L'ombre du Caudillo.*
2811.	Peter Handke	*Essai sur la fatigue.*
2812.	Philippe Labro	*Un début à Paris.*
2813.	Michel Mohrt	*L'ours des Adirondacks.*
2814.	N. Scott Momaday	*La maison de l'aube.*
2815.	Banana Yoshimoto	*Kitchen.*
2816.	Virginia Woolf	*Vers le phare.*
2817.	Honoré de Balzac	*Sarrasine.*
2818.	Alexandre Dumas	*Vingt ans après.*
2819.	Christian Bobin	*L'inespérée.*
2820.	Christian Bobin	*Isabelle Bruges.*
2821.	Louis Calaferte	*C'est la guerre.*
2822.	Louis Calaferte	*Rosa mystica.*

2823.	Jean-Paul Demure	*Découpe sombre.*
2824.	Lawrence Durrell	*L'ombre infinie de César.*
2825.	Mircea Eliade	*Les dix-neuf roses.*
2826.	Roger Grenier	*Le Pierrot noir.*
2827.	David McNeil	*Tous les bars de Zanzibar.*
2828.	René Frégni	*Le voleur d'innocence.*
2829.	Louvet de Couvray	*Les Amours du chevalier de Faublas.*
2830.	James Joyce	*Ulysse.*
2831.	François-Régis Bastide	*L'homme au désir d'amour lointain.*
2832.	Thomas Bernhard	*L'origine.*
2833.	Daniel Boulanger	*Les noces du merle.*
2834.	Michel del Castillo	*Rue des Archives.*
2835.	Pierre Drieu la Rochelle	*Une femme à sa fenêtre.*
2836.	Joseph Kessel	*Dames de Californie.*
2837.	Patrick Mosconi	*La nuit apache.*
2838.	Marguerite Yourcenar	*Conte bleu.*
2839.	Pascal Quignard	*Le sexe et l'effroi.*
2840.	Guy de Maupassant	*L'Inutile Beauté.*
2841.	Kôbô Abé	*Rendez-vous secret.*
2842.	Nicolas Bouvier	*Le poisson-scorpion.*
2843.	Patrick Chamoiseau	*Chemin-d'école.*
2844.	Patrick Chamoiseau	*Antan d'enfance.*
2845.	Philippe Djian	*Assassins.*
2846.	Lawrence Durrell	*Le Carrousel sicilien.*
2847.	Jean-Marie Laclavetine	*Le rouge et le blanc.*
2848.	D.H. Lawrence	*Kangourou.*
2849.	Francine Prose	*Les petits miracles.*
2850.	Jean-Jacques Sempé	*Insondables mystères.*
2851.	Béatrix Beck	*Des accommodements avec le ciel.*
2852.	Herman Melville	*Moby Dick.*
2853.	Jean-Claude Brisville	*Beaumarchais, l'insolent.*
2854.	James Baldwin	*Face à l'homme blanc.*
2855.	James Baldwin	*La prochaine fois, le feu.*
2856.	W.-R. Burnett	*Rien dans les manches.*
2857.	Michel Déon	*Un déjeuner de soleil.*
2858.	Michel Déon	*Le jeune homme vert.*
2859.	Philippe Le Guillou	*Le passage de l'Aulne.*

2860. Claude Brami — *Mon amie d'enfance.*
2861. Serge Brussolo — *La moisson d'hiver.*
2862. René de Ceccatty — *L'accompagnement.*
2863. Jerome Charyn — *Les filles de Maria.*
2864. Paule Constant — *La fille du Gobernator.*
2865. Didier Daeninckx — *Un château en Bohême.*
2866. Christian Giudicelli — *Quartiers d'Italie.*
2867. Isabelle Jarry — *L'archange perdu.*
2868. Marie Nimier — *La caresse.*
2869. Arto Paasilinna — *La forêt des renards pendus.*
2870. Jorge Semprun — *L'écriture ou la vie.*
2871. Tito Topin — *Piano barjo.*
2872. Michel Del Castillo — *Tanguy.*
2873. Huysmans — *En Route.*
2874. James M. Cain — *Le bluffeur.*
2875. Réjean Ducharme — *Va savoir.*
2876. Mathieu Lindon — *Champion du monde.*
2877. Robert Littell — *Le sphinx de Sibérie.*
2878. Claude Roy — *Les rencontres des jours 1992-1993.*
2879. Danièle Sallenave — *Les trois minutes du diable.*
2880. Philippe Sollers — *La guerre du goût.*

*Composition Interligne
Impression Bussière Camedan Imprimeries
à Saint-Amand (Cher),
le 29 octobre 1996.
Dépôt légal : octobre 1996.
Numéro d'imprimeur : 1/2563.*

ISBN 2-07-040134-0./Imprimé en France.